KB266815

참 별게 다 자랑이다

참 별게 다 자랑이다

하프타임에 비로소 시작된 중년의 일기

초 판 1쇄 2026년 03월 30일

지은이 최용석
펴낸이 류종렬

펴낸곳 미다스북스
본부장 임종익
편집장 김가영
디자인 임인영, 윤가희, 윤영빈
책임진행 송가희, 이예나, 안채원, 김은진, 국소리

등록 2001년 3월 21일 제2001-000040호
주소 서울시 마포구 양화로 133 서교타워 711호, 808호
전화 02) 322-7802~3
팩스 02) 6007-1845-
블로그 http://blog.naver.com/midasbooks
전자주소 midasbooks@hanmail.net
페이스북 https://www.facebook.com/midasbooks425
인스타그램 https://www.instagram.com/midasbooks

© 최용석, 미다스북스 2026, *Printed in Korea*.

ISBN 979-11-7355-826-9 03810

값 18,500원

미다스북스는 다음세대에게 필요한 지혜와 교양을 생각합니다.

참 별게 다 자랑이다

하프타임에 비로소 시작된 중년의 일기

최용석 지음

미다스북스

2026. 2. 2 용석

그 타로 카드에는,
짐을 둘러메고 앞만 보며 나가는 광대와
옆에서 경고하듯 말리는 개가 그려져 있다.

「타로 카드 The Fool」 중에서

왜 지금, 왜 이 글을
쓰게 되었을까….

최근에 한 선배가 근황을 물어왔다. "몸은 좀 어때? 요새 뭐 하면서 지내?" 중년이 되면 자주 전화해서 묻는 다소 일상적인 안부 인사였지만, 무언가 염려의 진심이 전화기 너머에서 느껴졌다. 나는 선배의 말에 아무렇지도 않게 "쉬면서, 글을 좀 쓰고 있어요."라고 말했다.

뒤이어 "12월 말까지는 어느 정도 정리하려고 해요."라고 했더니, "뭘 그리 급하게 쓰려고 해. 천천히 해."라고 하신다. 선배의 말씀이 글을 많이 다듬으라고 하시는 것 같아서 그냥 웃었다. 사실 나는 타이핑이 워낙 느려서 머릿속에 있는 것을 다 치려고 해도 한참 걸린다. 거의 15년 전부터 업무 특성상 타이핑을 거의 하지 않았다. 그동안 나는 입으로만 먹고산 거다.

얼마 후 모임에서 다시 만난 선배는 내 낯빛부터 살피곤, 전신을 CT

촬영하듯이 훑었다. 뭐, 워낙 사람을 찬찬히 관찰하시는 분이고 오랜만에 봤으니 그런가 보다 했는데, "아픈 데 없지?"라고 묻는 폼이 심상치 않았다. 혹시나 내가 중병에 걸려서, 아니면 나쁜 마음을 먹고 책 쓰고 정리하려고 한 게 아닌지 걱정하셨단다. 그러기엔 나는 너무나 멀쩡한 백수인데 말이다.

오십 대 중반이 되면, 앞으로 살아갈 날에 대한 걱정과 심신 쇠약, 질병으로 괴로운 나날을 보내는 사람들이 많은 건 사실이다. 갑자기 연락이 오는 경우의 둘 중 하나는 자녀 결혼식 청첩이거나 부고인데, 본인의 상(喪)인 경우는 참으로 당혹스럽기 이를 데 없다. 이제 우리 나이가 그런 나이인 거다.

남자들은 직장을 자의든 타의든 그만두고 나면, 직장만 없어진 것인데도 마치 본인이 사라진 듯 좌절을 한다. 일과 본인의 존재 가치를 동일시 여겨서 그런 것 같다. 그럴 필요가 없다는 건 자기 자신도 잘 알아서 여유롭게 웃고는 하지만, 머릿속에서는 지진이 난다. 남들에게 힘들다고 표현도 못 하고, 괜히 의연한 척 가면을 쓴다. 그러고는 대책 없는 고민의 사막으로 첫발을 들이민다. 정말 의연한 사람은 사막으로 들어가지 않는데, 모두가 이런 걸 보니 한국 직장인들에게 결국 의연함이란

     참 별게 다 자랑이다

어려운 일인 거다. 그렇게 의연하다가는 직장 생활에서 생존하기 어렵다는 사실을 몸으로 배웠으니까. 그래서 우리 모두 더 조급하게 살아왔는지도 모르겠다.

윤형(輪形) 방황이라는 말이 있다. 눈을 가리고 걷거나, 사막처럼 주변이 비슷한 곳을 걸을 때, 직선으로 가지 못하고 한 바퀴를 삥 돌아서, 결국 제자리로 돌아오는 현상이란다. 오십 대의 방황과 고민은 이런 꼴이다. 인생의 방향을 알려주는 북두칠성과 이정표가 없을 때 생기는 것인데, 그로 인해 쌓이는 불안과 스트레스를 계속해서 곱씹다 보면 결국 다시 제자리로 돌아오게 된다. 그건 마치 상처의 아픔에 대한 공감을 얻고자 조금 아문 상처 딱지를 뜯어내서 보여주는 것과 다름없다. 그렇게 되면 흉터만 계속 남고 아물지 못한다. 상처는 처음부터 건들지 말아야 완전히 회복할 수 있다.

물론 모든 사람이 다 그렇다는 얘기는 아니고, 전적으로 내 얘기일 뿐이다. 내가 어찌 다른 사람의 속내를 다 알겠는가?

그리고 난 원숙한 철학자도 아닌, 그냥 오십 대의 어중간한 어른 중 하나이니까.

실직 이후 몇 개월의 시간이 흐르면서 다시금 사막을 향해 걸어가려는 나 자신을 보게 되었다. 무엇이든 해서 발길을 돌려야겠다는 위기감이 들었다. 그러기 위해서는 일단 나에 대한 객관적인 판단이 필요했다. 하지만 자기 자신을 객관화하는 일은 거의 불가능한 일이다. 자신을 판단하기 시작하면 결국 자책 또는 자기 합리화밖에 없고, 그 뒤를 졸졸 따라오는 놈이 바로 핑계다.

사는 동안 누구에게나 기쁨과 상처가 있다. 크기와 상관없이 행복과 불행으로 느껴지는 순간들 말이다. 그런데 기뻤던 일들은 휘발성이 강하고, 안 좋았던 일들은 찐득하게 붙어서 오랫동안 내게서 떨어지지 않는다. 나는 그런 내게 남아있는 찐득한 기억을 조금이라도 씻어내고 싶었다. 그리고 기억 저편으로 날아가는 좋은 추억은 박제해서 정리해 두면, 무엇이든 수용할 수 있는 마음의 공간이 생길 것만 같았다. 그럼 다시 새로운 경험으로 채울 수 있지 않을까.

인생의 하프타임에 와 있는 거라 나 자신을 세뇌하면서 후반전 준비를 위한 시간을 보내기로 했다. 내게도 '하프타임의 기적'이 생기면 좋겠으니까. 글을 써서 정리를 해보면 어떨까 싶어졌다. 일기처럼 정리하면 최소한 거짓말은 안 할 테니까.

에피소드를 하나씩 써나가다 보니 조금 심각한 문제가 있음을 깨닫게 되었다. 내 인생을 글로 남긴다는 것은 누군가에게 읽힌다는 사실과 그로 인한 문제도 발생한다는 것이다. 거기다 글로 남길 수 없는 것들도 상당히 많다는 것을 알게 되었다. 나 자신이 그리도 당당하지 못하게 살아온 걸까? 하는 생각이 들었지만 그럼에도 불구하고 처음 의도한 대로 정리하기로 마음먹었다.

가능한 것만이라도 뭐든 적어 보려 한다.

어릴 때 겪었던 일들과 사회에서 직장인으로서 겪은 일들, 개인적인 신변잡기의 일들을 두서없이 끄적이기 시작했다. 이미 내게 일어난 일들과 그때의 감정을 토닥거리고 나 자신을 격려하듯이 말이다.

누군가는 '그게 뭐가 힘들어?'라고 할 수도 있고, 또 다른 이들은 '그래, 너 잘났다.'라고 할 수도 있다. 하지만 그래도 어쩔 수 없다. 결국 이 모든 건 내 마음이고, 내 책이다.

다만 읽는 분들이 '나도 비슷한 상처가 있었지, 나만 그런 게 아니었네.'라거나, '나는 이럴 때 즐거웠지.'라고 떠올리면서 자신을 돌아 볼 수 있는 기회 중의 하나가 되길 바란다.

욕을 해서 기분이라도 풀리면 다행이다.

몇 년 정도 일기를 쓰면서 조금씩 하루를 짧게라도 정리해 보긴 했지만, 태어나서 책을 처음 쓰는 두려움과 어색함은 시간이 갈수록 짙어졌다. 그래도 내게 의미 있는 하나의 행위를 한다는 생각에 나 자신이 대견하다.

방향타를 잡게 해주시고, 계속 글을 쓸 수 있게 해주신 진유정 작가님과 사랑하는 가족, 그리고 주변에서 많이 응원해 주신 분들께 감사드리며.

참 별게 다 자랑이다

오십 대의 방황과 고민은 이런 꼴이다.
인생의 방향을 알려주는 북두칠성과
이정표가 없을 때 생기는 것인데….

「프롤로그」 중에서

제1부

지난날의 상처와 결핍, 그리고 잊히지 않는 장면들

찐득하게 붙어 있는 기억들

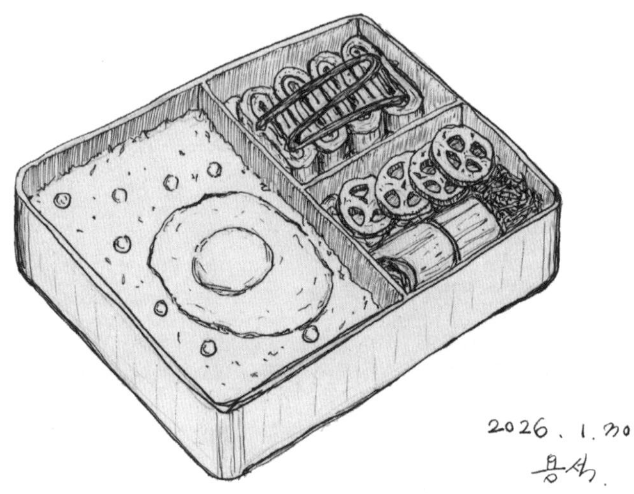

비교적 부유하지 않은 학생을 대상으로 설립된 기숙사였으며,
원하는 학생에게 도시락까지 싸주어서 밥값에 큰 도움이 되었다.
교내 학생 식당에서 오뎅국 한 그릇만 더 사서 먹으면 그럭저럭 괜찮았다.

「대학생의 도시락」 중에서

01

슐레인 원단을
아시나요?

중학교에 들어간 지 얼마 되지 않았을 때, 초등학교 동창 애가 갑자기 뛰어와 내 점퍼를 잡아채며 소리를 질렀다. 주변에 아이들은 무슨 일인가 싶어 우리 둘에게 몰려들었고, 반에서 키 작은 순서로 5위 안에 드는 나는, 커다란 녀석의 힘에 몸이 마구 흔들리고 있었다. 무슨 상황인지 이해하지도 못한 채 '괜히 맞는 건 아닐까?', '내가 뭘 잘못한 게 있으려나?' 싶어서 아무 말도 하지 못하고 그냥 서 있었다.

그 점퍼는 어머니께서 중학교 입학 선물로 주신 옷이다. TV에서는 원아동복, 부르뎅아동복 같은 광고가 나오는 시절이었고, 개구리가 그려진 김민제아동복은 정말 비싼 소위 '명품'이었다. 여러 가지 색상의 조각을 이은 퀼트처럼 디자인된 옷이라 이쁘고 눈에도 띄는 것이 마음에 쏙 들었다.

우리 집 형편에 이걸 살 수 없다는 걸 너무도 잘 알았던 나는, 당연히 어머니께서 시장에서 비슷한 점퍼를 사셨겠다고 생각했었다. 사실 중학교까지는 애들이 금방금방 자라서 새로 산 옷이 몇 달 지나면 작아져 못 입는 경우가 많았고, 친한 엄마들끼리 그런 옷을 돌려 입히기도 했다. 그 점퍼는 그런 옷들 중 하나였고, 그때 당시 얻어 입은 옷이 더러 있었기에 별로 신경을 쓰지 않았었다.

자기가 옷 주인이라고 소리 지르는 그 녀석의 표정과 이상하게 나를 쳐다보는 수십 개의 눈들이 싫어서, "울 엄마가 중학교 입학 선물로 사주신 거야."라고 소리를 질렀다. 그놈의 옷이 맞을 수도 있겠다는 불안감과 당혹감을 못 견디고 발악을 한 거다. 나를 확 자빠트린 그 녀석은 안주머니를 뒤집어 깠고, 거기에서 나타난 굵고 진한 글씨의 그 녀석 이름.

다음 날 난 도둑의 누명을 벗었다. 난 도둑놈이 아니고 그냥 거지새끼인 걸로.

   참 별게 다 자랑이다

회사 지하 1층의 양복점을 우연히 방문했다. 맞춤 양복보다는 기성복이 더 유행한 때라 그냥 사서 기장만 수선하면 되는 때였는데, 문득 제대로 된 한 벌을 맞춰 입고 싶다는 생각이 들었다. 쳐다보는 양복점 주인의 시선이 부담스러워, 나는 돈도 없으면서 호기롭게 제일 좋은 원단이 뭐냐고 물었다. 제일모직 슐레인 원단을 추천받았고, 그것으로 가봉까지 했다. 워낙 고가의 원단이었지만 나는 거절을 하지 못했다. 가봉하고, 또 다시 가봉을 해서 보름 후 양복을 받았다. 여름엔 시원하고 겨울엔 따뜻했다. 피부에 닿는 부드러운 감촉은 표현하기 힘들었다. '이 양복 입으면 촥 떨어진다.'라며 자랑을 반복하는 양복점 주인의 말에 우쭐하며, 그 촥 떨어지는 양복만 거의 매일같이 입었다. 그러다 보니 바지 엉덩이가 다 해졌다. 양복점 주인은 '무슨 명품을 청바지 입듯이 해?'라고 나무랐다. 명품은 늘 내구성이 없는 것 같다. 그러니 항상 조심히 다뤄 줘야 하는 물건이다. 주인이 종을 모시는 꼴이다.

그때도 그랬지만 슐레인이라는 국산 원단을 아는 사람은 드문 것 같다. 그냥 휴고보스, 제냐 등의 수입 명품의 브랜드를 이야기하고, 원단을 조금 알면 로로피아나를 얘기하는 사람도 있다. 그냥 우리 때 최고는 갤럭시 아니면 할아버지들이나 입을 것 같은 닥스 정도였다. 20년 전 영화 〈악마는 프라다를 입는다〉 개봉 이후 수입 명품들이 대중에게 더 알려졌고, 3초 백, 5초 백이니 하는 명품 가방도 이젠 쓰리세븐가방보다 보기 쉬워졌다. 나도 뭐 비슷한 게 한두 개 있다.

참 별게 다 자랑이다.

사실 남자들이 멋을 부릴 수 있는 게 몇 개 없다. 안경, 시계, 가방, 구두, 벨트 정도다. 개인적으로 서류 가방은 피콰드로나 요시다 포터, 투미 백이 맘에 든다. 가격이 아주 비싸지 않아서, 막 들고 다녀도 부담 없다. 나도 돈 있으면 남들이 명품이라고 하는 비싼 거 하나 갖고도 싶긴 하지만. 글쎄.

예전 회사에서 만나 오랫동안 연락하는 팀장께서 늘 하셨던 말씀이 생각난다.
"인간이 명품이어야지, 인간은 하찮으면서 겉을 명품으로 포장한다고 사람이 명품이 되지 않아."
그 말은 지금까지 기억 속에 오래 남아있다.

요즘은 백화점에 갈 때 그냥 집에서 입던 추리닝에 티셔츠를 입고 간다. 그 옷이 돌아다니기에 더 편하고, 직원이 먼저 와서 말 거는 일도 없어 구경이 수월하다. 하지만 요새는 백화점을 잘 안 가는 것 같기도 하다. 이제는 뭘 갖고 싶다거나 사고 싶은 것들이 많이 없어졌다. 나이 든다는 게 그런 것 같다.

가급적 모범적인 상사와 선배, 꼰대가 아닌 어른이 되려고 노력했다. 강의도 듣고, 어른들과 의논도 하고, 책도 읽으면서 성숙해지려고 노력했다. 하지만 그럼에도 내가 인간 명품인지 아닌지는 모르겠다. 늘 판단은 타인의 몫이니까, 그게 옳든 그르든.

나에게는 가끔 서로 안부를 물어주고, 일 생겼을 때 전문 의견을 주저 없이 물어봐도 기꺼이 도와주는 각 분야 전문가들이 있다. 갑자기 생각나서 술 마시자고 해도 주저함이 없이 반겨주는 사람들도 있다. 이분들이 남이 뺏어갈 수 없는 나의 명품들이다.

20년 만에 영화 〈악마는 프라다를 입는다 2〉가 개봉한단다. 1편이 개봉했을 때만큼 또다시 명품이 사람들 입에 오르내리려나? 이젠 인식들이 많이 바뀌어서 계속 종을 모시고 살아가진 않겠지? 그것도 뭐 그들의 자유이니 내가 뭐라 할 건 아니다.

02

치과 의사 찬기 형

대학 입시가 얼마 안 남은 늦가을 야간 자율 학습 시간이었다. 1층 창가 자리에 앉아있던 나의 눈에 어머니가 창문 옆으로 지나가시는 모습이 들어왔다. 날씨가 추워서인지 잔뜩 웅크리고 걷는 모습에 "엄마~"라고 부를까 하다가 그냥 정문을 나서실 때까지 물끄러미 바라보고 있었다.

앞문이 열리며 들어오신 담임의 호출에 '창밖 보며 딴짓했다고 걸렸구나.' 싶어 쭈뼛거리는데, 이상하게도 담임 목소리가 사납지 않았다. 그땐 공부 잘하는 애들은 잘 혼나지 않았으니까.

그 당시 교무실은 너구리를 잡는 듯 담배 연기가 자욱했고, 명문대 원

 참 별게 다 자랑이다

서 많이 써야 학교 이름이 산다고 계속 담임들을 몰아가는 학년 주임과, 그래도 애들 미래를 생각해야 하지 않냐고 들이대는 젊은 담임들의 아우성이 담배 연기보다 더 지독했었다. 그래도 그날은 이미 원서 쓸 놈은 거의 다 쓴 마무리 단계라 비교적 조용했고, 학년 교무실은 피로에 절어 있는 담임들과 부담임들의 쉬는 시간 같았다.

"좀 전에 어머니께서 다녀가셨어. 치대는 돈이 없어서 못 가르치시니, 아들 좀 설득해서 다른 데로 원서를 바꿔 써달라고 하시더라고. 직접은 말씀 못 하시겠다고 하시네. 네가 2지망으로 사범대를 썼으니까, 사범대로 바꾸면 어떨까?"

담임의 말씀에 순간 난 멍했다. 주변에 앉아계시는 선생님들의 시선이 강하게 느껴졌다. 적막감에 주변을 둘러보고 고개를 떨구며 담임께 말씀드렸다. "나중에 제가 학교 선생님이 되었을 때, 아들이 똑같이 의대나 치대 간다고 하면, 돈이 없어서 못 가르친다고 해야 하나요?", "요새 제일 돈 많이 버는 과는 어디일까요? 거기로 갈게요." 그날로 서울대 치대는 끝났다.

어려서부터 아토피가 심해서 친구들에게 문둥이 소리 들으며 많은 놀림을 당했다. 얼굴과 몸엔 늘 긁어 생긴 상처와 피딱지가 그득했고, 어

디서 들은 소록도 얘기에 의사가 돼서 작은 도움이 되었으면 좋겠다고
생각했다. 그땐 그랬다. 의사는 슈바이처 같은 사람이 하는 거라고 배웠
고, 위인전과 도덕책에 쓰여 있어서 달달 외우며 아무 생각 없이 당연히
받아들였으니까. 서울대 의대에 갈 실력이 되지 않았다. 서울대 치대는
그나마 안정적으로 갈 수 있었다.

참 별게 다 자랑이다.

아버지가 학교 선생님이시면서 가난했던 건 그 분의 잘못이 아니다.
바른 분이라 촌지가 난무할 때도 받으시는 걸 본 적도 없고, 기껏해야
감자 농사 잘되었다고 신문지에 대여섯 개 싸서 가지고 온 아이의 감자
선물과 제과점 아이 담임이라 종업식 때 받아온 롤케이크가 전부였다.
그런 걸 받으실 배짱도 없고 양심이 허락하지 않는 분이다. 당신 부모의
무능과 여러 형제의 장남이라는 상황에서 모든 걸 감당하다 보니 정작
본인 입으로 들어갈 밥 세 끼도 다 양보하고 계셨던 거였다. 그런 상황
을 옆에서 같이 감내할 수밖에 없으셨던 어머니도 딱하기 그지없었다.
부모 모시고, 동생들 교육하고, 혼례 치르고, 여동생의 장례를 치르고,
막냇동생 고등학교 졸업시키고 나니, 이제 당신들 자식 차례가 온 거였
고, 정말 먹고 죽을 돈도 없으셨던 거다. 난 그런 아버지를 보면서도, 선

생님이라는 고귀한 직업을 대물림하고 싶었었다.

어느 날 치과를 다녀오신 아버지께서 "남의 누런 치아나 들여다보는 일은 난 못 할 거 같다."라며 치과 의사에 대해 말씀하셨다. 그 말씀에 그럴 수 있겠다 싶었다. 사실 난 아토피 때문에 위생에 지나치게 예민했고, 비위도 약해 이상하거나 더러운 걸 잘 못 보는 놈이었으니까. 한참 지나 아들의 치대 진학을 포기하게 시킨 게 미안해서서 그냥 마음에도 없던 이야기를 하신 거라고 했다. 진심이 아니셨다고. 늘 마음에 걸리셨던 거다.

얼마 전 고교 선배이자 연세대 치대 졸업한 치과 의사 선배가 돌아가셨다. 우리 가족들의 치아는 그 형이 다 고쳐주셨고, 치료비도 제대로 받지 않으셨다. 환자들의 아픔에 공감하는 그의 진심이 오롯이 환자들에게 전해져서 단골도 참 많았던 형이다. 그의 여러 개인적인 아픔과 사정을 내가 이해 못하는 부분도 많지만, 그는 최고의 치과 의사였다. 난 그리 못했을 거 같다.

마음이 먹먹해서 장례식도 가보지 못한 내가 너무나 초라하고 미안한데, 그가 심어놓고 자랑하셨던 그의 명작 임플란트 한 개가 가끔 내 몸과 마음을 툭툭 치면서 그처럼 웃는다.

형님, 하늘나라에서 잘 지내고 계시죠?

   참 별게 다 자랑이다

03

대학생의 도시락

"이놈 봐라? 데모 엄청나게 할 것 같이 생긴 놈이지? 근데 지가 윤봉길 의사인 줄 아나 봐. 도시락 폭탄도 가지고 다니네?"

지하철 신촌역에서 공과대학 정문까지는 약 800m 정도의 거리이고, 15분 정도 걸어가면 된다. 1989년 그 길은 온통 하얀색 가루가 깔려있었고, 지하철역을 나오면서부터 최루탄 냄새가 눈과 코를 찌르기 시작했다. 거의 100m마다 검문검색을 했고, 매번 가방을 열어 소지품을 보여줘야만 학교에 들어갈 수 있었다.

1989년 신림동에 강원학사가 새로 문을 열었고, 서울 소재 대학에 다니는 강원도 출신 학생들을 위한 기숙사였다. 비교적 넉넉하지 않은 학생을 대상으로 설립된 기숙사였는데, 원하는 학생에게 도시락까지 싸주어서 밥값 해결에 큰 도움을 주었다. 교내 학생 식당에서 오뎅국 한 그 룻만 더 사서 먹으면 그럭저럭 괜찮았다.

아침 등교할 때마다 이어진 여덟 번의 검문에, 그 도시락까지 매번 열어서 보여주다 보니, 막상 밥 먹을 때가 되면 밥에서 최루탄 냄새가 났다. 1년을 못 채우고 도시락을 안 싸서 다니는 걸로 했다. 학생 식당에서 혼자 도시락 먹는 것도 어째 좀 눈치가 보이기도 했다.

1996년 8월 학교에서 대규모 집회가 있었고, 전경들의 초강경 진압이 극에 달했다. 그날은 헬기까지 뜨고, 교내에 있는 학생 수보다 전경의 수가 더 많았으며, 학교 맨 안쪽에 있던 종합관까지 전경들의 토끼몰이가 심해졌다. 과학관과 종합관 일부는 무참히 부서졌고, 종합관은 불타올랐다. 그때 정문 바로 옆 건물인 공과대학 현관 강화유리문도 깨졌으며, 공대에 있던 나는 놀라 몇몇 학생들과 옥상으로 도망갔다. 옥상에서 백양로를 달려 올라가는 전경들과 그들을 피해 달리는 교우들을 바라보며 아연실색하고 있었다. 지랄탄과 최루탄에 학교는 온통 하얗게 변해갔고, 내 눈과 코를 막았고, 그 아우성은 귀까지 막고 있었다. 대학 시절 내내 데모와 진압은 일상이었지만, 이렇게 심한 교내 강경 진압은 처음이었던 것 같다.

 참 별게 다 자랑이다

공대 앞 커다란 조경석에 허리를 굽히고 한 손으로 버티며 괴로워하는 과 친구의 모습이 내 눈에 들어왔다. 그 모습을 보고 피가 거꾸로 솟아 그 친구에게 뛰어 내려가려 했다. 그때 나를 붙잡은 건 아버지와의 약속이었다. 왜 그때 그 약속이 떠올랐을까….

"용석아, 대학 가서는 뭘 해도 되는데, 데모만 하지 말아라. 네가 세상을 보면 불의가 난무할 거고, 네가 불의를 잘 못 참는 거 내가 키워봐서 안다. 그런데 네가 데모하면 내가 학교 선생 일을 계속하기가 어렵고, 네 할아버지, 할머니 부양도 어렵다. 살기 힘들어지니까… 부탁한다."

난 그때 아버지와 약속했다. 그래서 학생 운동하는 사람들과 어울리지도 않았고, 수업 거부, 시험 거부 해야 한다는 동기들의 외침도 무시했다. '노동자, 농민을 위한다고 외치는 이들이 바로 옆의 동기도 안 챙기면서 무슨 노동자, 농민? 심지어 인천의 큰 병원 아들이 뭘 안다고 진심도 없는 데모 선동을 해? 취미로? 배가 불러서 경험해 보려고?', '1시간 수업 거부하면 그 돈이 얼마고, 몇 시간을 아르바이트해야 하는데?' 속으로 이런저런 생각을 하며 내게 최면을 걸었었다. 아버지와의 약속을 잘 지키는 아들이니까.

참 별게 다 자랑이다.

'엎드려 괴로워하던 친구에게 뛰어 내려가면 내가 뭘 어떻게 해야 하지? 둘러업고 공대 안으로 피신을 시켜야 하나? 업을 수는 있을까? 데모했다고 나까지 잡혀가면 어떻게 하지? 아버지는?'

어떻게 해야 할지 몰라 우물쭈물하는 동안 그 친구는 그 자리를 떠나고 없었다. 아직도 그 친구를 볼 때마다 늘 미안하다는 생각이 든다. 그 친구는 그날의 나의 일을 모르겠지만, 그날의 나는 참 초라하고 비겁한 놈이었다고 생각한다, 의리도 없는….

그 친구는 현재 외국계 자산운용사의 임원이다. 얼마 전 만났더니 자기 자리를 후배들에게 물려줘야겠다고 얘기한다. 클라이언트도 젊어지니, 거기에 걸맞게 후배들이 자기 일을 맡아야 한다고. 남들은 어떻게든 자기 자리 꽉 붙잡고 버티려고 하는데, 이 친구는 담백하다. 또 하나 배웠다. 그에게서 늘 뭔가 배운다.

대학교 때 만난 첫사랑이 유학을 갔다 올 때까지 기다렸다가 늦장가를 간 로맨티시스트. 골프만 잘되면 인생의 스트레스는 없다고 하면서 늘 행복한 미소를 짓는 그. 그의 긍정적 자세와 담백함이 늘 멋지다. 그런데 골프 연습은 죽어도 안 한다.

가끔 학교에 갈 일이 있어 정문에 들어서면, 그때 없었던 공학원 등 새로 지은 건물들이 많이 보이고, 자동차가 같이 다니던 백양로에는 대규모 지하 개발로 이젠 사람들만 다닌다. 동기들과 졸업 사진을 찍었던 검게 그을린 종합관은 언제 그랬나 싶게 깨끗하다. 그때 정문도 다 부서져 무너졌던 것 같은데….

세월이 가면 예전의 아픔도, 즐거움도 다 잊힐 줄 알았는데, 아직도 기억 속에 남아서 그때의 나를 자꾸 돌아보게 하는지 모르겠다. 아직도 아픈 기억들이 도시락에 담겨 내 머릿속에 있나 보다.

나이 먹었다는 핑계로, 가족들 핑계로, 요샌 불의를 보면 잘 참는다. 비겁해지는 게 아닌지 싶어 참 씁쓸하다. 그날 친구를 위해 뛰어 내려갔었다면, 영화 〈Il Postino〉의 주인공 마리오처럼 되었을지도 모르는 일이지만… 다 지난 일이다.

04

Die Hard

고3 때 영화 〈다이하드〉가 개봉했고, 몇몇은 재미있다고 영화에 관한 이야기를 학교에서 떠들어댔다. 그때까진 브루스 윌리스의 존재를 몰랐고, 좋아하는 배우는 로버트 드니로와 로빈 윌리엄스였다. 아직도 좋아하는 영화는 〈디어헌터〉, 〈Once upon a time in America〉, 〈굿모닝 베트남〉, 〈죽은 시인의 사회〉 등이다. 〈다이하드〉는 LA 나카토미 빌딩에서 벌어지는 뉴욕 경찰 이야기이다. 워낙 유명해서 스토리를 모르는 사람은 없을 것이다.

이 시대의 다른 영화들처럼 역시나 주인공은 죽을 고비를 수없이 넘기면서도 안 죽는다. 그래서 영화 제목이 Die Hard인 거지?

그러나 현실 속에서 사람은 다르다. 누구나 죽는다. 다만 사는 동안 다이하드 한 것뿐이다. 〈007 No time to die〉 영화에서는 절대 죽지 않는 주인공 007도 죽었다. 〈배트맨 다크 나이트〉의 영원한 조커 히스 레저, 〈언터쳐블〉, 〈더 록〉의 숀 코너리 등 많은 배우도 세상을 떠났다. 좋아하는 배우들이 세상을 떠나갔다.

고2 겨울방학에 참가한 경시대회에서 한 여고생을 알게 되었다. 그 친구는 기숙사 생활을 하고 있어서 토요일 저녁 시간 공공도서관에서 만나는 게 그를 볼 수 있던 유일한 방법이었다. 그날은 핑계를 대고 도망 나오라고 했고, 드디어 그 영화 〈다이하드〉를 같이 보러 갔다. 야간 자율 학습을 땡땡이치고 정말 재미있게 영화를 보고 나왔는데, 학년 주임 선생님께서 그의 50cc 스쿠터에 앉아 손짓하신다. 아까 도망 나올 때 한 놈이 '용석이 땡땡이치고 〈다이하드〉 보러 간대요.'라고 뒤에서 놀리던 걸 들으셨던 거다. 현장에서 딱 걸렸다.

선생님 앞으로 당당하게 걸어가서 말씀드렸다. "요 옆의 버스 정류장까지만 데려다주고 오겠습니다." 선생님은 고개를 끄덕이셨고, 우린 조금 떨어진 정류장으로 걸어갔다. 둘 다 서로에게 아무런 말도 하지 않았다. 이후의 상황은 영화보다 더 박진감 넘칠 걸 아니까.

그때 그렇게 말씀드릴 용기가 어디서 나왔는지 모르겠지만, 나는 임기응변이 좀 강한 편이다.

참 별게 다 자랑이다.

난 그 친구의 집으로 가는 버스를 같이 타고 도망갔다.
그날 1시간 넘게 기다렸던 학년 주임 선생님의 분노는 뭐….

영화 중간에 죽을 위기를 느낀 브루스 윌리스가 경찰관 파웰에게 부탁하는 장면이 나온다.
"자신이 사랑한다고는 수없이 얘기했지만, 미안하다는 얘기는 못 했다."라며 자기가 죽으면 자기 인사를 아내에게 전해달라고 한다. 그때 파웰은 살아서 직접 이야기하면 더 좋겠다고 대답한다.

사람들은 살면서 상대방에게 미안하다는 얘기를 잘 못하는 거 같다. 미안하다고 하면 모든 게 본인의 잘못이라고 인정하는 것 같아서일까? 정말 미안하다는 사과를 잘 못한다. 미안하다는 말은 늘 늦는다.

브루스 윌리스는 치매로 실어증까지 앓고 있다고 한다. 이제 그의 연기를 더 이상 보기 힘들 것 같다. 늙은 배우들이 나오는 영화 〈RED〉 시리즈의 3편을 기대하고 있었는데, 이젠 볼 수가 없겠지? 로빈 윌리엄스는 우울증에 시달리다가 2014년 자살했다. 영화 〈알라딘〉에서 지니의 목소리 연기는 모든 사람의 소원을 들어줄 것 같았는데, 이젠 그도 떠난 지 오래되었다. 이제 누가 우리의 소원을 들어주려나?

1929년 윌리엄 A. 웰먼 감독의 영화 〈날개〉가 제1회 아카데미 작품상을 수상하였다. 이를 시작으로, 2025년 션 베이커 감독의 영화 〈아노라〉까지 총 97편의 영화가 작품상을 받았다. 뭘 모으기 좋아하는 내 성격에 전편을 모두 모아 잘 보관하고 있다. 보관만 하고 있다. 죽을 때까지 다 볼 수 있을까 싶기도 한데, 아마 이 영화들의 주인공 중에 세상을 떠난 배우도 상당히 많았을 것이다. 영화만 남아서 떠난 사람을 기억하게 하겠지.

스쿠터에 앉아서 1시간이나 기다리셨던 학년 주임께서 노환으로 고생하신다고 들었다. 죄송하다는, 정말 미안하다는 말씀을 아직도 못 드렸다. 그분과 학생들 대학 진학 방향을 다투던 젊은 고3 담임들도 이제 70이 넘은 지 오래고, 좋아하던 생물 선생님이 얼마 전 세상을 떠나셨다는 소식을 뒤늦게 들었다. 술 좋아하시던 영어 선생님은 돌아가신 지 오래다.

가끔 생각나는 여러 선생님, 늘 기억하고 있겠습니다.

늘 감사하며, 많이 늦었지만 정말 미안하다는 말씀드립니다.

 참 별게 다 자랑이다

05

첫눈 내리는 날이면

입사 2년 차였던 1998년 11월 19일에 맞선 자리가 생겼다. 한 달 전부터 어머니께서는 매일 아침 독촉 전화를 하셨고, 너무 인위적인 만남 같아서 아들은 어머니의 요청을 계속 거부했었다. 운명처럼 짠 하고 만나는 인연을 기대했었기에 썩 내키지 않았다. 하지만 매일 아침 울리는 알람 같은 어머니의 전화에 결국 항복하고 말았다. 정말 집요하고 끈기 있는 우리 어머니….

인사동에서 6시에 만나기로 해서 나가려는데, 옆자리 선배가 첫눈 온다며 술 마시자고 한다. 대충 둘러대려고 했는데, 그랬다간 못 빠져나갈 것 같아 사실대로 얘기했다. 이 인간이 옆에 있는 과장들이랑 차장들에게 떠들며 반쯤 놀려댔다. 고개를 숙이고 머쓱해하며 사무실을 나왔다. 첫눈 치고는 눈발이 꽤 거셌지만, 첫눈 오는 날 맞선은 운명 같기도 하고 무슨 마법이라도 있을 것 같아, 얼굴을 때리는 눈발이 그리 싫지는 않았다.

1992년 원주의 첫눈은 11월 12일이었다. 남들은 절대 가고 싶지 않은 곳에서 맞는 첫눈은, 맨발에 신은 슬리퍼를 적시며 두 발의 발가락들을 동상에 이르게 했다. 4m가 넘을 것 같은 담장으로 둘러싸인 하늘은 온통 눈밖에 없었다. 무심한 짙은 회색 하늘.

1992년 1월 논산 훈련소로 입대했다가, 고질적인 아토피 때문에 재검 판정 후 귀가했다. 6개월 후 방위로 재입대하면 돼서 좋아했더니, 속칭 백 없는 사람들만 간다는 경비 중대로 배치되었다. 현역보다 빡세다는 '전투 방위.' 물론 현역이 기간도 길고 더 힘든 게 사실이지만 여기도 만만치 않았다. 전쟁 나면 예비군을 배치하기 전까지 병참선을 지키는 총알받이 같은 역할이라, 훈련도 꽤 빡세고 상당히 거친 부대였다. 방위인데 퇴근 못 하는 날이 많았다.

거기서 얼차려 받다가 목을 다쳤다. 그로 인해 한쪽 팔에 마비까지 왔다. 그걸 얘기했다고 못살게 굴던 고참들의 괴롭힘은 점점 심해졌고, 회의와 번민으로 점점 삶의 의욕까지 잃었다. 지금도 느끼는 거지만 세상

 참 별게 다 자랑이다

사는 게 그리 호락호락하지는 않으니까. 그 당시 어리고 나약한 나란 인간은 살기를 포기했다. 학업의 지속 여부, 사람과의 관계, 진로와 경제적인 어려움 등등 온갖 걱정들에서 도피하고 싶었다. 난 힘든 상황에서 도망은 잘 간다.

참 별게 다 자랑이다.

1992년 10월 28일은 이상한 종교 집단이 떠들던 휴거가 일어난다는 날이었고, 온 나라 뉴스는 온통 휴거 얘기뿐이었다.

나는 그날 서울로 도망쳤다. 부산에 있는 동생을 보러 갔다가 태종대로 향하려고…. 그러나 아무것도 못 하고, 주위 사람들의 권유로 3일 만에 자수를 했다. 그리곤 4m가 넘을 것 같은 담장으로 둘러싸인 그곳에서 첫눈을 맞이한 거다.

첫 맞선을 봤던 그 여성과는 그날 이후 아직 헤어지지 못했다. 아마 앞으로도 헤어지지 못할 것이다. 첫눈의 어떤 마법이 아직도 힘을 발휘하고 있는 거 같다. 당연히 처음엔 많이 다투고 서로의 고집을 굽히지 않았던 적도 많았지만, 이젠 서로 상대가 싫어하는 게 무언지 잘 안다. 최소한 싫어하는 것은 건드리지 않는다. 남편은 임원 자리에서 잘리고,

아들은 고3이고, 둘째는 사춘기가 왔고, 본인은 갱년기가 시작되었던 그해에도 그 여성은 담대했다. 재작년 둘째 대학 입시까지 훌륭히 치러내면서 단 한 번도 딸아이나 나와의 마찰을 만들지 않았던 사람이다. 참 장가는 잘 갔다.

뭐든 처음이라던가, 첫 번째라는 단어가 붙는 일엔 낯섦, 두려움, 어려움이라는 감정이 몸을 굳게 만드는 거 같은데 이상하게 첫눈은 가슴을 설레게 하는 것 같다. 그리고 난 새로운 것에 대한 두려움이 별로 없다. 최소한 업무와 관련해서는 그렇다. 그래서 매번 아무도 맡기 싫은 처음 하는 업무를 맡았던 거 같다. 그걸 또 제법 잘해왔으니 다행이다.

올해 첫눈 내리는 날에는 또 어떤 마법이 일어날까?

 참 별게 다 자랑이다

고등학교 졸업식의 멋진 모녀,
다들 장하고 고맙습니다.

06

그녀의 이야기

"내가 얘기 좀 하면, 듣고 그냥 '예 알겠습니다. 그렇게 할게요, 그게 맞아요. 아주 힘드셨죠.'라고 얘기해 주면 안 되겠니?"

내가 잘 아는 70대의 여성이 있다. 그녀는 강원도 철원의 한의원 집 둘째로 태어났고, 어려서부터 공부를 잘했단다. 만약 옛날의 세라복을 입은 깍쟁이 여중생을 상상한다면, 그녀의 어린 학생 시절의 모습이 정확히 들어맞을 것 같은 그런 여성이다.

비교적 부유한 집안에서 태어났고, 공부까지 잘했으면 그 집에서 특히나 이뻐했을 딸이었을 것이다. 둘째들이 늘 그렇듯, 위아래 사이에 끼어 있으면 눈치도 꽤 빨랐을 것 같다.

보통 언니랑 싸우면 '너는 왜 언니한테 대드냐?'고 혼나고, 동생이랑

 참 별게 다 자랑이다

싸우면 '왜 동생 못살게 구냐?'고 혼나는 그런 둘째들과 다르지 않았을 거다.

어려서 어머니를 일찍 여의고, 새엄마와 지내던 중 아버지마저 중학교 때 떠나보냈다고 한다. 그때 한의원의 수제자 중 하나가 집문서, 땅문서 등을 가지고 도망가 버려서 그녀의 다섯 남매는 길거리에 나앉았단다. 새엄마도 더 이상 아이들 양육을 할 수 없었던 것 같다.

중학교를 간신히 마치고, 산업 현장으로 나가 먹고살아야 했으니, 그 이후의 고생은 뭐 가히 상상이 간다. 남동생들은 중동 건설 붐이 불 때 사우디아라비아와 쿠웨이트 건설 현장에 목수와 미장일하러 나갔다. 다섯 남매는 다들 그렇게 각자 생존을 위해 뿔뿔이 헤어졌단다.

중학교 은사의 소개로 여덟 살 연상의 초등학교 선생님을 소개받아 결혼하였는데, 남편은 책임감 강한 'K 장남'이었다.

그에게 동생이 세 명 있었다. 그녀가 결혼할 당시 막냇동생은 이제 열 살이었고, 나머지 두 동생도 학생이었다고 한다. 남편과 둘째 사이에 여동생이 둘 더 있었는데, 어려서 세상을 떠났다고 한다.

장남인 남편과 시부모와의 나이 차이가 얼마 나지 않다 보니 오십 대 시부모의 에너지도 젊은이 못지않았을 것이고, 언제나 드라마의 소재가 되는 고부간의 갈등도 심했다고 한다.

시아버지는 경찰 공무원으로 퇴직한 후였는데, 퇴직금을 홀랑 다 사기 당해, 판자촌에서 흙벽돌에 신문지 바른 낡은 집에 시댁 식구들과 뒤엉켜 살고 있었단다. 처음 시댁을 방문한 날 너무 놀라서 결혼한 걸 후회까지 했다고 한다. 그나마 중학교까지는 여유롭게 살았던 그녀였으니까.

결혼한 다음 해에 태어난 아들을 안고, 두 번이나 가출했다고 했다. 시어머니는 술만 마시면 주사를 부렸고, 수도가 없어서 물을 길어야 하고, 화장실도 없어서 공중화장실을 어느 기간 동안 사용해야 했을 정도로 모든 게 고단한 삶이었단다. 방 두 칸에 시부모와 시동생 셋 그리고 신혼부부와 갓 태어난 아들이 엉켜 살기는 여간 힘든 게 아니었을 거다.

돌도 지나지 않은 아들을 안고 철학관을 찾아가서, 계속 이렇게 살아야 하는지 물어봤단다.

"이 아이가 엄마의 마음을 잘 알아줄 거고, 크게 될 아이니, 이 아이만

 참 별게 다 자랑이다

보고 사세요. 나중에 이 아이에게 행시나 외시를 보게 하면, 군수 자리 정도는 꿰찰 거니 이 아들만 믿어봐요."

그녀는 아이를 안고 울면서 다시 그 시댁으로 돌아갔단다. 엄마의 눈을 올려다보는 짝짝이 눈의 아이를 바라보면서…. 임신 중에 먹고 싶은 거 못 먹어서, 아이의 눈이 짝짝이가 된 것 같다고 하신다.

짝짝이 눈은 보기가 좀 그렇다. 내가 짝짝이 눈이라 잘 안다.

참 별게 다 자랑이다.

몇 년 후 도저히 같이 살 수 없어 남편 학교 근처에 낡은 집을 구해서 분가했다고 한다. 최악은 면한 셈이다.

분가를 하고 나니 들어가는 돈이 더 늘었다. 이미 남편의 벌이로는 두 집 살림은 가능하지 않았고, 맞벌이하지 않으면 시동생들 학비와 부모 부양도 불가능했단다. 코바늘, 대바늘 뜨개질, 베이비복 단추 달기 등 그녀가 할 수 있는 일들은 거의 다 찾아서 했다. 포댓자루 두 개를 연결해 만든 큰 자루에, 뜨개질한 수출품을 가득 묶고, 본인의 키보다 훨씬 더 큰 그 짐을 손수레로 기차역까지 나르는 일이 예사였단다. 거의 왕복 6km 정도의 거리를 말이다. 그 외에 더한 일도 젊은 새댁에게 늘 지워지는 짐이었으리라.

그녀의 삶에 대한 한은 그 짐처럼 커져만 갔고, 그 짝짝이 눈의 아들이 대학에 갈 무렵, 그 한은 마구 사용한 몸에 병으로 찾아왔다. 류머티즘으로 서울에 있는 대학 병원을 전전하며 수년을 앓았고, 지금도 완쾌한 것 같지 않아 보인다.

그렇게 믿었던 아들은 행시랑 외시를 볼 생각도 없었고, 고등학교 2학년 때 문과 대신 이과를 선택했다. 그나마 공부는 잘했다고 하니 다행인데, 조금이라도 성적이 마음에 들지 않으면 어마어마하게 혼을 냈었다고 하니 그 덕도 있었나 보다.

아들을 대학 보내기 전에 시동생들 고등학교 졸업시키고, 시동생 둘 결혼까지 시켰다. 막내 시동생은 소아마비 환자였는데, 대학교 보내주지 않는다고 쫓아와 난리를 칠 때는 정말 참기 힘들었다고 한다. 공부나 잘했으면 그게 아까워 빚이라도 내서 가르쳤을 텐데, 막내 시동생은 공부를 잘 못했단다.

     참 별게 다 자랑이다

난 늘 이런 막내들을 좀 싫어하는 편이다. 나도 장남이거든.

소아마비 늦둥이를 둔 시부모는 그 아이를 끼고돌면서 장남만 바라봤는데, 그 장남도 속이 새까맣게 타다 못해 하얀 재만 남았을 것 같다. 그러다 시누이가 백혈병으로 먼저 세상을 뜨고, 그 장례도 치르고 나니 진이 다 빠졌단다. 당신 딸 아픈 거를 며느리 탓하며 화를 풀었을 시어머니의 모습이 상상이 간다. 우리나라 장남들과 맏며느리들에겐 정말 나라에서 상을 줘야 한다.

갱년기가 온 시점쯤부터 그녀의 우울증이나 분노는 사라지지 않고 계속된 것으로 보인다. 그즈음부터 매일 남편에게 자기 마음을 좀 헤아려 달라고 푸념했고, 치매로 마지막까지 괴롭히던 시부모님들이 세상을 모두 떠난 후까지 그 푸념은 계속되었다. 딸이나 아들에게 매일 전화해서 푸념하면 그녀의 아들과 딸은 얼마 지나지 않아 질린 듯 짜증을 냈다고 한다.

남편도 듣다 지쳤고, 그 지친 남편에 대한 원망까지 푸념에 더해졌으며, 그녀의 원망은 그간의 시댁 식구에 대한 분노, 가난에 대한 진절머리, 본인 삶에 대한 보상 심리 등으로 견고해졌다. 그나마 며느리가 매일 1시간 가까이 그 푸념을 들어주었다고 하니, 며느리와의 관계는 나쁘지 않은 것 같다. 정말 대단한 며느리다. 그나마 다행인 건 지금은 더 이상 푸념을 하지 않으신단다.

그녀는 자신이 받지 못했던 관심과 사랑을 다른 사람들에게 많이 베풀었는데, 아마 그리 돌려받고 싶어서였던 것 같다.

말수가 적은 남편과 이야기하기 싫어, 동네 사람들이나 지인들과 더 많은 이야기를 했다고 한다. 음식 솜씨도 참 좋아서 뭘 해서 나눠주길 좋아하신단다. 그녀의 아들이 방문할 때마다 뭔가 음식을 해서 싸주려고 하면 그 아들은 늘 받아 가지 않았다. 맞벌이하다 보니 집에서 밥 먹는 때가 별로 없고, 못 먹고 버릴 때가 많다고 했다. 한사코 마다하는 아들이 매번 서운하지만, 또다시 음식을 준비하신단다. 그 아들놈은 참 못됐다. 다만, 뭐든 지나치면 부족함만 못하니, 주변 사람들도 좀 질려하는 경우가 있던 것 같다.

늘 외로움에 시달리는 그녀의 갈증은 해결되지 않는 듯했다.

"사람들에게 본인이 원하는 대로 해주길 바라지 마세요. 기대하는 만큼 실망도 큽니다. 그게 남편이든 자식이든 그들도 원하시는 대로 다 해줄 수는 없는 겁니다. 그들도 그들의 삶과 생각이 있거든요. 본인은 바

 참 별게 다 자랑이다

꾸지 못한다고 하시면서, 남들이 나를 위해 변화하길 바라시는 건 맞지
않는 겁니다."라는 말씀을 드리면, "알아요." 하시지만, 끝내 동의를 안
하신다.

　내가 그 아들과 남편분을 잘 아는데, 성격적으로 잘 견뎌내지 못한다.
거기다 아들은 그 어머니의 성격을 똑 닮았고, 아버지와 어머니 중간에
끼다 보니, 이러지도 저러지도 못해 짜증도 많이 냈단다.

　늘 서운함에 지칠 때마다 보상받으려는 본인의 의지를 더 키우는 것
같았다. 고생에 대한 보상 심리가 점점 더 그녀를 괴롭힌다는 걸 본인도
아시는 것 같은데, 그럼에도 고집은 더 세지고, 견고해졌다. 그나마 똑
똑한 분이라 조절도 잘하시지만, 가끔 가시 돋친 이야기로 주변을 힘들
게 하시기도 한다. 그 가시에 찔린 이들은 움찔거리며 괴로워했다.

　아마 우리네 어머니들은 그 시대에 그리 고생하시면서 마음의 병을
많이 얻으신 것 같다. 마음의 상처는 잘 아물지 않는다. 나이가 들수록
치유가 더 안 되는 경우가 많다.

　누구나 힘들었던 시간이 있었으리라. 하지만 그녀처럼 정말 고생도

많이 하고, 헌신한 사람이 또 있었을까? 그런 시대였다고, 다들 그렇게 살았다고 이야기들 한다. 하지만 내가 보기에 그녀는 남들보다 더한 고통의 나날들을 보낸 것 같다. 그런 그녀의 이야기를 들으면 어떻게 도와드리면 좋을지 도통 잘 떠오르지가 않는다. 그녀가 쏟아 놓은 원망을 다 들어주고 공감한다고 해도, 그녀가 그 고통에서 벗어날 수 있을지, 얼마나 위로가 될지도 모르겠다.

그냥 다 지난 일이니 훌훌 털어 버리시라고, 지금은 자식들 잘 키우고 여기까지 오셨으니 잘하셨다고, 이젠 건강 잘 지키시며 재미있는 일 많이 하시라는 말씀밖엔 못 드리겠다.

그녀는 수년 전부터 붓글씨와 한국화를 열심히 하신단다. 한지 위에 쓰인 그녀의 글씨나 그림을 보면 사람들은 감탄하기도 한단다. 친지나 자식들에게도 족자로 제작해서 나누어 주셨다고 한다. 솜씨가 참 좋으신 분이다. 이걸 하면서 마음이 많이 안정되신 건지, 꽤나 부드러워졌고, 말씀도 여유로워졌다.

한두 해 지나면 팔순인 그녀의 마음에 좀 더 여유가 생기고, 그 한이 훌훌 다 빠져나가길 바란다. 나이가 들면서 몸과 마음이 더 건강해지시길

     참 별게 다 자랑이다

진심으로 바란다. 그녀의 아들도 좀 더 잘해드리려고 노력하길 바란다.

그녀가 붓으로 난초를 친 족자가 우리 집 벽에 걸려 있다.

매일 보면서도 늘 마음이 편하지 않다. 전화드려서 안부를 물어봐야겠다. 오늘은 날씨가 더 차다.

"사랑하는 어머니, 아들이 늘 제대로 해드리지 못해 정말 죄송합니다."

눈물이 나서 더는 못 쓰겠다.

그녀가 붓으로 난초를 친 족자가
우리 집 벽에 걸려 있다.

참 별게 다 자랑이다

07

나만 없는 것 같아, 나만

"자네는 졸업하고 뭘 하려고 하나?", "대학원에 진학해서 공부를 더 하고 싶습니다.", "계속 생활비랑 학비 벌면서, 그 고생하면서 대학원을 다니겠다고? 그냥 건설사에 가서 야간 대학원을 다니게."

그 당시 건축공학과는 졸업 논문을 쓰지 않았다. 대신 4년간의 배움과 경험을 보여주는 졸업 설계로 가늠했고, 그간 못 해봤던 본인의 설계를 마지막으로 보란 듯이 발휘하게 했다. 설계에 진심인 친구들은 대형 작품을 설계하려고 하였고, 졸업 작품전은 100주년 기념관의 넓은 공간에서 전시되었다. 그런데 작은 미술관을 설계한다고 하니 교수님께서 의아해하신 거다. 나름 나를 잘 안다고 생각하시는 분이셨으니 궁금하신 것이다.

당시 졸업 설계 첫 수업은 세 개 반 공동수업을 시작으로 진행 중이었고, 세 분의 교수님과 각각의 조교들, 재학생, 복학생, 복수 전공 등 약 백이십 명의 인원이 수업에 참석하고 있었다.

그 교수님의 목소리는 근엄하고 묵직하며, 듣기 좋은 편인데, 그 날따라 좀 목소리가 컸다. 수업 참가자들 모두가 잘 듣고 있었을 것이다. 난 뒤돌아서 내 자리로 돌아갈 수 없었다.

앞문으로 나가서, 복도를 서성이다 쉬는 시간에 뒷문으로 조용히 들어갔다. 왜 나의 어려운 생활고를 그 타이밍에 말씀하시는 거야? 하필이면 내가 참 좋아하는 그 교수님께서.

교수님 바람(?)대로 건설사에 입사했다. 교수님께서 처음 직장을 잡았던 그 건설사로 입사한 것이다. 입사 때 희망 부서 지원란에 1지망 종합건축설계실, 2지망 해외 건축사업부, 3지망 국내 건축사업부라고 기재했다. 해외로 돌아다니며 근무해 보고 싶어서 해외 건축사업부로 지원하고 싶었는데, 늘 내 인생이 2지망 인생인지라, 이번에도 2지망이 될 것 같았다. 대학도 2지망처럼 고르고, 학과도 2지망이 되었으니 2지망 인생이 맞다.

가고 싶은 부서를 2지망으로 쓰고, 경쟁이 제일 심한 부서를 1지망으로 올렸다. 내 인생이 늘 그렇듯, 역시 이번에도 내 의도대로는 되지 않

    참 별게 다 자랑이다

았다. 지원자 중 인재들을 우선하여 뽑는다는 종합건축설계실로 발령이 났다. 회사는 나를 브레인으로 판단했다는 거겠지? 오호~

참 별게 다 자랑이다.

소속 설계팀은 전자 단지 프로젝트들이 주 업무였는데, IMF 이후에는 대북 사업을 담당하게 되었다. 교수님 말씀대로 야간 대학원을 진학하려고 했더니, 이 회사에서는 야간 대학원을 다닐 시간이 나지 않는다. 매일 야근하고 주말도 없었다. 설령 시간이 주어진다고 해도, 받는 급여로는 대학원 등록금이 감당이 안 될 듯했다. 아니, 교수님은 어찌 이 회사에서 근무하면서 대학원을 다니실 수 있었던 거야?

재작년 자산관리사에 입사하고 나서 공학 대학원을 다시 다녀볼까 생각했다. "둘째가 고3이고 들어갈 돈이 많으니, 1년만 미루면 어떻겠냐?"라고 하는 아내의 의견을 따라 작년부터 다시 다니려고 했더니, 재작년 가을부터 주주사 간의 갈등으로 지속적인 근무조차 어려워졌다. 결국 스트레스에 건강도 안 좋아지고, 수술도 반복하면서 작년 6월 말 퇴사했다.

얼마 전 몇몇 설계사에서 수주 영업을 담당할 사장급으로 입사 요청
이 왔을 때 다시금 공학 대학원 입학을 고민했다. 대학원 담당 교수인
후배에게 문의도 하고, 친구 교수들에게도 의견을 구했다. 긍정과 부정
의 의견이 분분했고, 공학 대학원의 성격에 관해서도 공부와 교류 둘로
나뉘었다. 심지어 젊은 교수들은 30여 년 건설 현장을 경험한 사람에게
강의하기 부담스럽다고 웃으며 이야기했다. 대신 와서 강의를 해주셔야
하는 거 아니냐는 농담도 했었으니까. 난 그간의 건설 경험을 강의를 들
으며 한번 차분히 정리하고 싶었지, 강의할 능력은 안 된다. 그저 건설
관련 최근 동향과 변화된 부분을 조금 더 공부하기만 해도 큰 의미가 있
겠다고 생각했다. 업계 사람들을 만나서 인맥을 넓히는 것도 개인적으
로 도움이 될 거니까. 작년까지 5학기였던 것이 4학기로 줄어서 시간적
인 부담은 덜었는데, 경제적인 부담은 줄지 않았다. 한 학기 1,000만 원
이라니, 너무 비싸서 엄두가 나지 않았다. 왜 매번 등록금은 이리도 비
싼 건지, 원.

전문가들을 만나는 업무를 하다 보니, 학사 학위로 끝난 내가 많이 부
족해 보였다. 이력서 학위란에 학사라고 쓰기도 좀 모자란 것 같아 보였
고, 그때마다 석, 박사 출신들이 마냥 부러웠다. 나만 없는 거 같았다,
나만.

     참 별게 다 자랑이다

학위가 그 사람의 모든 능력을 대변하지는 않을 거다. 물론 더 공부한 사람이 그 분야에 더 깊은 지식을 가지고 있을 것이고, 그런 대접을 받아 마땅하다. 시간적, 경제적 노력이 더 요구되었을 테니까. 거기다 더 좋게 평가되고, 몸값을 높이기 위해서 학위는 꽤 괜찮은 수단임에는 틀림이 없는 것 같다.

나는 나를 포장할 페르소나가 하나 더 필요한 것이었을까? 결국 난 공부보다 학위가 더 필요한 것이었는지도 모르겠다.

이제 더 이상 학위에 연연하지 않기로 했다. 다시 기회가 오면 글쎄, 다시 시도할지는 모르겠지만 더는 안 할 것 같다. 남들 시선을 인식해서 하는 공부는 하지 말아야지.

08

이사 다니기 참 싫다

"최 대리, 최 대리는 갑자기 돈이 생기면 얼마면 좋겠어? 누가 준다면 말이야, 꼭 필요한 돈은 얼마야?"

"전 2,300만 원 있으면 좋겠습니다."

대규모 개발 사업을 위해 설립된 SPC에 파견 나가 있을 때, 감사실장 출신 임원이 뜬금없이 돈 얘기를 한다, 누가 갑자기 내게 돈을 줄 일도 없고, 큰돈에 대한 개념이 없던 내게는 이상한 질문이었다. 더 이상한 건 내가 주저하지 않고 바로 대답한 금액이었다. 그 내용도 이야기했다.

"연세대 서문 쪽 연립주택 전세 보증금이 2,000만 원이고, 요새 진짜 좋은 보약 한 제에 50만 원 정도 한다고 하던데, 300만 원이면 부모님께 세 제씩 달여 드릴 수 있을 것 같네요. 그러면 좀 괜찮아지실 것 같아서요."

 참 별게 다 자랑이다

평소에 늘 생각하던 것도 아닌데, 왜 이런 대답을 했을지 지금도 궁금한데 그때는 그리 대답했다. 가끔 생각해 봐도 난 생각이 좀 엉뚱한 것 같기도 하다.

초등학교 들어갈 무렵, 대지 18평, 건평 7평짜리 낡은 집을 마련하고, 어머니는 우셨다. 드디어 이사 안 다니고 집주인 눈치 안 봐도 된다고 하시면서 참 좋아하셨다. 예전의 집은 하천변에 있었는데, 두 차례의 큰 홍수로 둑이 무너지고, 하천이 범람했다. 우리 집은 주변 가옥과 텃밭이 불어난 물에 떠내려간 홍수 피해 현장 한가운데 있었다. 다행히 우리 집은 피해가 없었지만, 주변은 처참했다. 한밤중에 아버지가 나를, 어머니가 여동생을 업고 가슴까지 차오르는 물을 뚫으며 인근 학교로 피난을 간 기억이 아직도 생생하다. 결국 여차저차 그 집을 떠나 시내 쪽 전세로 이사했었다.

이번에 이사한 집도 그리 좋은 집은 아니었다. 보일러도 아닌 연탄아궁이이다 보니, 여름에 장마라도 오면 연탄아궁이가 물에 잠겨 물을 퍼내야 했고, 삭은 파이프를 시시때때로 갈아야 했으며, 겨울엔 새벽마다 잠 설치며 연탄을 갈아야 했다. 재래식 화장실이 마당에 있어서 밤마다 화장실 가기 무섭기도 했고, 겨울철엔 추위가 배설 욕구를 마구 억누르기도 했다. 그땐 뭐 다들 그리 살았던 것 같다.

대학 시절 소방도로 개설을 위한 도로 확폭으로 대지 일부와 외부 화장실은 헐려 나갔고, 그걸 막으려 주민설명회 자리에서 공무원에게 따져 묻기도 했지만, 공공에서 주거환경개선사업으로 하는 일을 어찌 막으랴? 내가 결혼하고 얼마 지나지 않아 그 낙후된 동네는 재개발이 되었고, 부모님은 임대주택으로 이사하셨다. 몇몇 군데 더 이사하시다가 아버지 퇴임 후 퇴직금으로 지금 집으로 들어가셨다. 이젠 더 이상 이사하지 않으셔도 된다.

처음 서울로 올라와서 기숙사 생활을 잠깐 하곤 계속 이사를 다녔다. 갈매리 이모 댁, 천호동, 남가좌동, 홍은동, 무악동, 연신내 등으로 결혼 전까지 여러 차례 이사를 가야 했다. 내가 살던 지역은 지금은 옛 자취가 없다. 모두 재개발로 아파트 단지가 들어섰다. 회사 취업 후에도 계속 이사 다니는 게 곤욕이었다. 덕분에 이삿짐뿐만 아니라, 짐 싸는 데는 일가견이 있다.

참 별게 다 자랑이다.

복학했을 때 고향 친구 자췻집에 놀러 갔는데, 연립주택 방 두 칸짜리 15평이 전세 2천만 원이란다. 학교 서문 쪽이라 다른 데 보다 좀 더 비싸다고 했다. 와, 이 정도면 훌륭하다 싶어서 머릿속에 2천만 원이 새겨져 있었나 보다. 그리고 그 임원이 내게 물어볼 시점엔 어머니께서 몸이 안 좋으셨고, 내겐 늘 걱정이었던 때여서 보약이라도 좀 지어드려야 하나 고민 중이었다.

그 임원은 그날 밤 지방의 부모님을 뵈러 내려갔다가 다음 날 오후에 회사에 나오셨다. 내 얘기를 듣고 부모님께 미안했다고, 뵈러 가봐야겠다는 생각이 문득 들었다고 나중에 얘기해 주셨다.

여동생이 부산에 있는 대학에 지원해서 어머니랑 같이 수능 시험 전날 내려갔다. 어머니께서 다니시는 교회의 부산 지회 중 한 군데서 여동생과 어머니의 숙소를 제공해 주었는데, 나에게까지 숙소를 제공하기엔 어려움이 있었다. 부산이 고향인 대학 동기에게 연락했더니, 방은 많으니 자기 부모님 집으로 오란다. 숙소를 해결해 준 것만도 고마운데, 집 근처에서 극진한 저녁 식사까지 대접 해주니 어찌 신세를 갚나 싶었다. 방이 많다고 하는데 무슨 여관을 하시나 하는 생각도 했다.

식사를 마치고 그 집에 들어가니 진짜 방이 많았다. 내어준 빈방이 예전 살던 우리 집보다 컸다. 그때 처음 본 부잣집이다 보니 더 크게 느껴졌을지도 모르겠다. 그냥 이건 나랑은 다른 세상이려니 여기고 잊어버렸다. 그다음 날 아침까지 먹고 나오는데 부담감이 묘하게 올라왔다. 부에 대한 부러움이 사라질 정도로. 아직도 그때 그 기분을 표현하지 못하겠다.

한강을 건너가면 3, 40억 넘는 아파트가 상당히 많고, 100억 가까이 되는 아파트도 심심치 않게 보인다. 간혹 뉴스에서, 아파트 부녀회가 '집값 싸게 내놓으면 안 된다'라며 매도자 협박하고, 집값을 담합한다는 이야기가 나온다. 집값을 올리기 위해 난리들이다. 부동산 광풍이라는 말이 지나치지 않다. 난 좀 많이 딱하다는 생각이 든다. 물론 내 의견에 반하는 사람들도 있을 것이다.

자기 집값을 올려서 그걸 팔고 더 좋은 다른 곳으로 가는 걸 뭐라 하겠느냐마는, 덩달아 오르는 집값에 정작 집을 구해야 하는 자식들 걱정은 하지 않는 건가? 본인들 집 팔아서 애들 집 사주려는 거지?

본인들이 집값 올려놓고 세금 많이 내야 한다고 정부 욕한다. 당신들

          참 별게 다 자랑이다

이 그리 만든 거 아닌가? 뭐 돈 있는 사람들에겐 껌값이라고 느껴지겠지만, 평생 벌어 집 한 채 장만하고 노후를 맞이한 사람들은 진짜 하우스 푸어 신세다. 팔리지 않으면 그냥 콘크리트 덩어리라는 걸 다들 잘 알 거다.

그나마 청년임대주택이니, 장기전세주택이니 하는 임대주택이 집 구하려는 젊은 사람들이나 저소득층에 기회가 되는 것 같은데, 이 또한 자기네 집값 내려간다고 집 근처에 생긴다고 하면 반대가 심하다. 놀부 심보도 이런 놀부 심보가 없다.

자본주의 사회이니 고소득자와 저소득자, 빈부의 차이가 생기는 건 당연하지만, 나중에 당신 가족이 돈 없어서, 기회조차 없어서 거주할 공간을 구하지 못한다고 생각을 한번 해봐라.

요새 신혼부부들은 혼인신고도 바로 하지 않는단다. 미혼일 때 청약 기회나 조건이 더 좋다고 하니 말이다. 아예 결혼 생각도 없고, 아이 출산은 더더욱 생각도 안 한다. 우리 자식들에게 우리가 이렇게 만들어 준 거다. 출산율 저하, 인구 감소, 뭐 이런 사회적 어려운 이야기를 하고 싶지는 않다, 아니 그건 잘 모르겠다. 하지만 무슨 문제든 원인은 있는 거다. 탐욕. 어른들의 탐욕.

결국, 강남에 오래된 고밀도 아파트들은 용적률 때문에 리모델링밖에
하지 못할 거고, 재건축 단지도 공사비 상승 및 규제들 때문에 분담금이
많이 걱정될 거다. 결국 점점 낡아가는 아파트를 몸테크로 감당하고 살
아야 할 거다. 고밀도의 개발은 늘 한계가 있기 마련이다. 세상일이 다
그렇듯, 모든 일에는 몸이 망가지든, 뭐가 되든 그에 따른 대가는 늘 있
는 거다.

세상엔 있는 놈들이, 많이 아는 놈들이 더 무섭다. 모 코미디언이 이
야기했다. "세상에 가난한 사람들이, 못 배운 사람들이 나라 망친 적 있
습니까? 다 더 배운 놈들이, 있는 놈들이 나라 망친 거 아닙니까?" 난 그
의견엔 강하게 동의한다.

음식점에서 음식 재료를 가지고 못된 짓하면 늘 하는 얘기가 있다. '먹
는 거로 장난치는 거 아니다.'라고 한다. 사는 집 가지고 장난들 좀 치지
마라. 장난이 심하면 누군가가 다친다. 그 사람이 모르는 사람일 수도
있고, 당신과 정말 가까운 사람일 수도 있는 거다.

   참 별게 다 자랑이다

이사를 하도 많이 해서 이사 다니기 너무 싫었다. 그나마 아내가 맞벌이하며 고생해 줘서 집 한 채 있다. 20년 지나서 집수리도 했고, 이제 다시 깨끗한 집에서 편하게 살고 있다. 아이들이 성장해서 방 하나씩 차지하다 보니 내 방은 없다.

그동안 부동산 광풍이니 재테크니 시끄러울 때 이사 몇 번 다녔으면 집이 한 채 더 생겼을 수도 있겠지만, 하지 않았다. 그냥 이건 아니다 싶었다. 강북이라 집값이 오르지 않았지만 뭐 괜찮다. 그냥 내 기준에 집이란 게 이런 거고, 그래도 난 엄청나게 성공한 거다. 이사 안 다녀도 되고, 그리 이사 다니던 방 한 칸보다 넓은 집이 있으니까.

나는 내 자식들이 돈 벌어서 집 구하기 수월해졌으면 좋겠다. 이사다니기 지치거나, 캥거루족처럼 나이 들어서도 같이 살자고 할까 봐 걱정이다. 우리 아이들도 어른이 되어 갈 거고, 자식들과 살아갈 그들의 집이 있어야 하지 않겠니? 그래야 내 방도 생길 테니까.

09

대견하다, 대견해. 쓸데없이

"회장님, 제가 설계사 사장으로 취업했습니다. 설계는 잘하는 회사입니다. 일 좀 맡겨주시면, 그래도 친정인데 도움이 되도록 잘해드리지 않겠습니까?"

그룹 공사만 하던 건설사에서 임원 포스트 하나 더 만들겠다고 신규 팀을 만들어 내게 팀장을 명했다. 담당 임원의 속내를 간파한 관리본부에서는 신규 팀에 지원을 해주려 하지 않았다. 인원도, 일할 수 있는 여건도 만들어 주지 않았다. 왜 가는 회사마다 이러는지 모르겠지만 참 팔자가 더럽다.

사실 이 회사는 공공 발주 사업을 수주할 DNA가 없는 회사라 처음부터 할 수 없다는 걸 알았지만, 담당 임원의 의지와 역량을 믿어보기로 했다. 역시나 믿을 놈을 믿어야 한다. 마지막 직장이고 싶었는데, 7년 반

 참 별게 다 자랑이다

만에 회사를 옮겼다.

예전 대형사업을 같이 하던 사회 선배가 모 회사의 전무로 가면서 같이 하자고 불렀다. 나는 두 달 후에 상무로 합류하여 신규 사업 수주를 담당하겠다고 했는데, 인성이 거지 같은 임원 놈 때문에 그가 담당하던 관리 사업을 어쩔 수 없이 떠맡게 되었다. 그 사업은 진전이 없었고, 타개책도 별로 없었다. 입사 6개월이 되었을 때 나를 추천한 전무가 해고되고, 나도 그 라인이라는 이유로 몇 달 뒤 잘렸다. 회사 생활하면서 처음 잘려 봤다. 그다음 날 '책상 뺀다'라는 말이 그냥 지어낸 비유가 아니란 걸 알게 되었다. 밤사이 사무실 레이아웃을 바꾸다니 참 대단하다.

사십 대 후반에 임원을 달고 실직자가 되니 취업길이 꽉 막혔다. 차라리 부장으로 잘렸으면 다른 회사 직원으로 갈 수 있었을 것 같은데, 상무라는, 임원이라는 꼬리표가 이렇게 옥죄는 일일 줄이야. 마치 '주홍 글씨'라도 되는 것인가?

사실 이력서를 작성할 때 임원 빼고 작성하면 되는데, 내가 워낙 고지식해서 그런 걸 잘 못한다.

참 별게 다 자랑이다.

1년간 백 군데 이상 이력서 제출하고 서른 번 가까이 면접을 봤지만, 다 떨어졌다. 그러던 중 알고 지내던 설계사에서 사장 업무를 제안해서 드디어 다시 일을 할 수 있게 되었다.

잘린 회사의 재무 담당 임원의 자녀 결혼식 소식을 들었다. 'ㅇㅇ설계 사사무소 사장 최용석'으로 화환을 보내고, 잘 보이는 곳에 놓아달라고 부탁도 했다. 명함 한 줌을 양복 주머니에 찔러 넣고 결혼식장으로 향했다. 저 멀리 회장이 손자를 안고 걸어오고 있었다. 환하게 웃는 얼굴로, 임직원들의 인사를 받으며 천천히 걸어오고 있었다. 나를 발견하고 표정이 살짝 굳은 그의 앞으로 뚜벅뚜벅 걸어갔다. 정중히 인사하고는 주머니 속의 새 명함을 내밀었다.

'설계사무소에 취업했으니 설계 일을 좀 주시면 잘해드리겠다.'라고 했다. 그리고 5만 원권 한 장을 재벌 손자의 작은 손에 쥐어 주었다. 나는 세상 가장 행복한 표정을 지어 보이며, '맛있는 까까 사 먹어.'라고 이야기했다.

그 자리에서 바로 화장실로 향했다. 눈물이 멈추지 않았다. 정말 나는 잘 우는 것 같다. 그렇게 당당하게 얘기한 내가 대견하기 이를 데 없었다. 참 쓸데없이 대견했다. 쓸데없이.

그날 1년 넘게 느꼈던 좌절감, 해고에 대한 울분과 증오, 나 자신의 무능함과 그에 대한 자책, 가장으로서의 무책임 등등 짧은 시간 스쳐 간 감정을 눈물과 같이 흘려버렸다.

살면서 나 자신이 자랑스럽다거나, 대견하다고 느낀 적이 별로 없다. 어린 시절 명절날 아침, 3대의 온 가족들이 모여 아침을 먹고 있을 때였다. 나는 그때 돌을 씹었다. 돌 깨지는 소리에 다들 내 얼굴을 쳐다봤고, 맏며느리인 엄마의 당혹해하는 표정을 본 어린아이는 "김에다 굵은소금을 뿌렸네요."라고 얘기하고는 삼켰다.

아버지는 "돌이면 뱉어라."라고 하셨지만, 아무 일 없다는 듯 남은 밥을 다 먹었다. 더 이상 아무도 이야기하지 않았다. 그때 처음 내가 대견하다고 생각했는데, 40년 만에 나 자신이 다시 한번 대견하게 느껴졌다. 살면서 이런 날도 좀 있어야 하지 않을까? 쓸데없어도.

다음에 기회가 되면 잘렸던 회사에 재입사하고 싶다. 그동안 보여주지 못했던 실력을 발휘해 주고, 회장님께 싹싹 빌면서 아부도 열심히 해봐야겠다.

"회장님 말씀을 몽땅 액자로 걸겠습니다." 하면서.

그리고 잘리기 전에 내가 먼저 그만두어 버릴 거다. 그래야 내겐 잘린 회사가 없을 테니까. 참 쓸데없는 이야기다.

 참 별게 다 자랑이다

제2부

세상이 호락호락하지 않다고? 괜찮아, 나도 호락호락하지 않아

설거지하던 시간들

한 달에 10만 원씩 꼬불쳐 두었다가 1년에 하나씩 사기로 했다.
각 브랜드의 플래그십 모델들을 몇 년 걸리더라도 모아 보기로 했다.

「몽블랑 만년필에 묻어있는 씁쓸함」 중에서

01

신입 사원의 반성문

건설 쪽은 술자리가 많은 편이다. 수주해서 한 잔, 진급해서 한 잔, 이래서 한 잔, 저래서 한 잔 마시다 보면, 의도와 달리 즐겁지 않게 끝나는 경우가 많다. 과음으로 쓸데없는 고집을 부리게 되거나, 다툼이 생기기도 하고, 안 해도 될 말과 하지 말아야 할 얘기까지 하게 된다. 자제가 잘 안되는 경우도 많이 생긴다. 그다음 날은 얼굴을 잘 들지 못할 정도로 곤혹감을 느끼다가도, 퇴근 시간이 되면 오늘은 누구랑 한잔할까 두리번거린다. 아주 술이 술을 부른다. 어제 실수한 죄책감도 주인이랑 같이 퇴근한다.

신입 사원으로 입사한 지 얼마 되지 않았을 때 옆 팀 회식 자리에 참석했었다. 나이 드신 부장들이 두 분이나 계셨지만, 내가 속한 팀이랑은 조금 다른, 좀 부드러운 분위기의 팀이었다. 그 술자리에서 술에 취해서 나대고 까불었다. 하지 말아야 할 얘기들까지 떠들어댔고, 그분들 중 한 분이 17년 동문 선배인 줄도 모르고 실수까지 했다. 다음 날 긴장해서 일찍 출근했는데, 문득문득 파편의 형태로 기억나는 어제의 일들이 온 머릿속을 마구 두들겨 패기 시작했다. 아, 이를 어쩐다….

붓펜을 꺼내 그 선배님께 편지를 쓰듯 반성문을 썼고, 그분께서 출근하시기 전에 자리에 몰래 가져다 놓았다. 얼마 지나 나를 부르시는 선배님. 이건 학창 시절 뭘 잘못해서 선생님에게 두들겨 맞기 전보다 공포가 더 했는데, 그냥 "글씨 잘 쓰네." 하셨다. 물론 무슨 당부의 말씀도 하셨는데, 긴장해서 기억이 잘 나지 않는다. 신입 사원의 반성문을 보고 너그러이 이해해 주시지 않았으면, 지금까지 가깝게 지낼 수 없었을 것이다.

그때부터 지금까지 여러 어려움이 생겨도 늘 챙겨주시고 응원해 주신 참 고마운 분이다. 화가 나셨을 텐데 차분한 목소리로 내 글씨 칭찬을 하시다니, 놀라운 분이다. 암튼 나는 글씨를 잘 쓴다. 글씨는 그 사람 마음의 얼굴이라는데 맞지?

 참 별게 다 자랑이다

참 별게 다 자랑이다.

처음 대학교 입학했을 때는 술을 거의 마시지 못했다. 맥주 500cc 한 조끼도 다 못 마셨을 정도였는데, 군 입대 앞두고 친구들과 매일 마시면서 술이 늘었다. 어쩌면 그때 배운 술버릇이 평생 계속 나왔는지도 모르겠다. 모름지기 술은 어른 앞에서 제대로 배워야 한다는 말이 맞는 것 같다. 매일 저녁 5시 반이 되면 가설건축물 2층에 있는 동춘옥에서 두부 김치랑 마셔대던 소주. 첫날은 두 잔밖에 못 마시던 놈이, 한 달이 지나니 주량이 두 병으로 늘었다.

우리나라 사람들은 술에 취한 것에 대해 다른 나라보다 관대하다고 한다. 뭐 그럴 수 있다는 너그러움이 있어서일까? 자신들도 그다음 날 후회한 일들, 혼났던 일들이 있어서 넘어가 주는 건가? 그래서인지 사회 초년생 때부터 술 때문에 심하게 혼난 적은 그리 많지 않았던 것 같다. 미 공병단에서 미국인 PM이 "매일 그리 술을 마시고 다니면, 내가 당신을 어떻게 신뢰할 수 있겠냐?"는 질타에 깊이 반성하기도 했지만, 술버릇이 많이 고쳐지지는 않은 것 같다. 나이 들면서 계속 긴장하면서 마시려 했고, 더욱 조심스러워지는 것을 느낀다. 그래서인지 술버릇은 많이 좋아졌다. 그냥 다들 타인의 술버릇을 이야기하지 않았던 것일 수도 있으리라.

요즘은 직원들이랑 술 마시자고 하면 직장 내 괴롭힘이란다. 다들 그 시간에 자기 계발하고, 자기 관리 시간 및 미래를 위한 투자 시간으로 활용한다고 한다. 간혹 술을 마셔도 죽이 잘 맞는 이들하고만 마신다고 하지? 그 흔하던 향우회, 동문회, 동기 모임도 거의 다 없어졌다. 흥청망청 2차 가자고 외치던, 골목 전신주에 기대어 구토하던 시대는 이젠 사라지고 없는 거다.

윗사람들만 꼰대처럼 이야기하는 술자리가 싫기도 할 거다. 우리나라 남자들은 좀 심하다. 선배가 되면 후배보다 더 똑똑해야만 하고, 자신들에게 정답이 있다고 믿고, 그걸 꼭 얘기해줘야 할 것 같은 거지 같은 의무감이 있는 것 같다. 헌법에 아니, 육법전서 어느 조문에 그렇게 해야 한다고 쓰여 있기라도 한 걸까? 그런데 나도 어느 자리에 가면 똑같이 떠들고 있다. 욕할 자격이 없다. 요즘같이 빠르게 변하고, 인생의 답이 더 없어진 세상에서 무슨 도움이 된다고 떠들고 있는 건지 모르겠다. 그냥 가만히 있는 게, 젊은 사람들이 이야기하는 걸 들어 주며, 입은 닫고, 지갑만 여는 게 잘하는 거란다. 그렇지 않으면 젊은 사람들은 겨울철 블랙아이스로 여기고 조심한다고 한다. 예전 기피 대상에서 요즘은 공포

   참 별게 다 자랑이다

의 대상으로까지 평가절하된 거겠지? 술 마시기 좋아하고, 말 많은 나로선 더 반성해야 한다.

반성문을 읽고 너그러이 나를 품어주신 분이 그런 분이셨다. 언제나 다른 사람의 이야기를 경청하고, 공감하려는 분, 자신의 역할에서 최상의 결과를 도출해 내셨던 분이었다. 70세 넘도록 계속 본인의 일을 하실 수 있었던 것도 그런 품성 때문이 아닐까 싶다. 가끔 전화 통화할 때마다 아직 실무를 하고 계신다는데, 그걸 들은 난 늘 말씀드렸다.

"청년 실업이 심각한 이유가 있네요, 선배님께서 아직 일하고 계시니까 일자리가 부족한 거예요." 그냥 웃으신다.

문득 궁금해서, AI에 물어보았다. 술 먹고 싶을 때 참게 해주는 음악과 들여다보면 도움이 될 이미지를 추천해 달라고.

"〈Erik Satie – Gymnopédie No.1〉, 〈Ludovico Einaudi – Nuvole Bianche〉, 〈Brian Eno – Ascent(An Ending)〉, 빗소리나 파도 소리 같은 자연의 소리가 도움이 됩니다. 푸른색과 녹색 계열의 자연을 묘사한 그림이 심리적으로 안정감을 주고 자제력을 높여주는 효과가 있어서, 탁 트인 자연이나 고요한 풍경을 보며 깊게 심호흡을 해보세요."라고 한다.

비 오는 날 탁 트인 바닷가 테라스에서 빗소리, 파도 소리와 AI가 알려준 음악을 듣는 상상을 하니 2가지가 빠졌다. 같이 앉아있을 가까운 사람과 소주. 아직 정신 못 차렸다.

이 글을 빌어 그간 저의 술자리 결례로 상처받았던 분들께 심심한 사과의 말씀 드립니다. 조만간 소주 한잔 사도록 하겠습니다. 진심입니다.

오늘 오십 대 중반이 돼서 다시 한번 반성문을 쓴다.

        참 별게 다 자랑이다

02

나쁜 놈들이 너무 많아

"4268 흰색 소나타 차주 되시죠? 아파트 정문 앞인데요. 차주분 가족이신 거 같은데, 사고가 나서 머리에 피를 흘리고 있어요. 병원으로 옮겨야 할 거 같은데요. 119는 불렀어요."

오전 회의를 마치고 정리하려는데, 전화가 걸려 왔다. 사고 소식을 전하는 다급한 남자의 목소리에 너무 놀라 머릿속이 다 하얘졌다. 사고 났다는 이야기만 하고 바로 끊는 통에 어찌할지 모르고 있다가, 아내에게 다급히 전화했다. 전화를 받지 않는다. 두 번, 세 번 다시 걸었지만 받지 않는다.

그때 그 남자에게서 전화가 다시 걸려 왔다. 집 근처 가까운 병원으로 옮겼고, 바로 수술 들어가야 한다고 한다. 병원 이름도 정확했고, 특히 그 병원은 교통사고 전문 병원이었다.

자신이 환자의 가족이 아니라고 하니, 병원에서는 수술 들어갈 수 없다고 한단다. 보호자 동의가 필요하고, 급하게 보증금이라도 걸어야 한다고 한다. 뭔가가 이상하다 느껴서 주춤거리는데, 또다시 전화를 끊었다. 마음속에서 공포가 점점 더 커졌다. 2분 정도 지나 그는 다시 전화했고, 환자가 잠깐 의식을 찾은 거 같다며 전화를 바꿔 주었다. 그녀는 고통의 신음을 흘리며, 내게 울면서 이야기했다.

"여보, 나 사고 났어요. 지금 병원인 거 같은데, 많이 아파."

다시 전화기를 바꿔 들은 남자는 보증금을 보내란다. 난 아주 쌍욕을 해주었다. 내 아내는 나를 '여보'라고 부르지 않는다. 보이스 피싱인 거다.

아파트 주차장을 돌면서 차 앞 유리에 있는 전화번호를 확인하고, 주변 병원도 확인한 다음 전화를 한 것이다. 경찰에 신고한다고 하고, 전화를 다시 거니 결번이란다. 전화 건 남자나 여자는 연극영화과 출신이 아닌가 싶을 정도로 치밀했다. 조선족 사투리도 없었다. 정말 나쁜 놈들이다.

말로만 듣던 보이스 피싱이 나에겐 일어나지 않을 줄 알았다.

 참 별게 다 자랑이다

가끔 "아빠, 난데, 휴대폰 배터리가 다 돼서, 친구 폰으로 연락한 거야." 뭐 이런 건 흔해서 속지도 않는다. 그런데 둘째 아이가 진짜 친구의 전화기로 연락한 적이 있었다. 모처럼의 가족 저녁 식사에 늦게까지 오지 않아 연락했더니 연락이 안 되었다. 친구 전화로 자기가 늦을 거 같다고 문자로 알려왔는데, 나머지 가족은 그냥 무시했다. 우리끼리 통하는 암호를 꼭 문자 맨 뒤에 붙이기로 했었는데, 둘째 아이는 그걸 잊었던 거다.

2019년 11월 회사 임원 장례식장에서 조문 온 손님들을 응대하고 있었다. 본인 상이라 유가족들이 조문에 응대하는데 한계가 있어 보였고, 조문객 대부분이 고인의 회사 사람들이라 내가 장례식 내내 그 자리를 지켰다. 미망인에게 조문객이 누구라고 귀띔 정도 해주려 했고, 외국에 나간 자녀가 돌아올 때까지 장례 준비도 미리 해야 했다. 고인은 나랑 정말 가까운 회사 임원분이었다.

장례식장에서 조문 온 사람들과 이런저런 이야기를 하고 있는데, 고인의 전화번호로 문자가 왔다. 외국에서 돌아온 아들이 아버지 주소록에 있는 모든 연락처에 부고 문자를 보낸 것이었다. 한동안 멍하니 서 있었다. 만약에 내가 죽으면 어떻게 해야 할지 고민이 되기 시작했다.

방법을 좀 마련해 놓아야겠구나 싶었다.

저녁에 고인의 친구들이 모여 나누는 얘기가 우연히 들렸다.

"얼마 전에 같이 골프를 쳤었거든, 며칠 사이에 이리될 줄은 몰랐네. 참, 사람 일 모르는 거야. 그런데 그때 내 드라이버를 빌려 갔는데, 못 돌려받을 수도 있을 것 같아서 걱정이네. 아까 제수씨한테 얘기하긴 했 는데."

이 얘기를 듣는 순간 피가 거꾸로 솟았다. 그게 지금 상황에서 할 이 야기인가? 미망인은 사고 날부터 아직 한숨도 못 잤고, 아직 정신도 못 차리고 있는데, 조문하면서 골프채 얘기를 했다니. 뭐 저런 놈이 다 있 나 싶어 노려봤다. 나중에 장례 다 끝나고 얘기해도 되잖아. 지밖에 모 르는 놈이구나 싶었다. 그런 놈이 친구라니, 고인도 참 딱하다.

다음 날 오전엔 더 가관이다. 어떤 이가 와서 고인이 사업비 보증 계 약을 했다면서, 계약서를 들이밀며 보증금 상환 관련 얘기를 미망인 옆 에서 떠들어 댔다. 내가 나서서 계약서 사인이랑 날인된 인감을 보자고 하니까, 누구냐고 하면서 상관하지 말란다. 가족이라고 얘기하고 서명

    참 별게 다 자랑이다

한 사인을 보니 고인의 사인이 아니었다. 자주 결재를 받다 보니 그분의 사인은 내겐 익숙했으니까. 경찰을 부르려 했더니 다시 오겠다고 하면서 도망치듯 나갔다. 술집 외상값 남았다고 찾아온 인간에, 별별 인간이 다 있었다. 그것도 모두 거짓이었고. 정말 나쁜 놈들 천지다.

사회생활을 하다 보니 세상에는 진짜 나쁜 놈들이 너무 많다.

상처받고, 고통스러워하는 사람들의 약한 마음을 건드리고 이용하려는 놈들, 당사자의 부재를 이용해 사기 치는 놈들, 가족이나 소중한 사람을 이용해 갈취하는 놈들. 권력을 이용해 자신의 이익을 취하고, 그걸 영위하기 위해 더한 나쁜 짓을 하는 놈들. 피고용인을 착취하고 약속을 지키지 않는 인간들. 역으로 자신에게 일자리를 준 사람을 배신하고 회삿돈만 탐하려 하는 놈들. 진짜 나쁜 놈들이 너무나 많았다.

모 교수는 휴대폰 주소록에 부모님을 큰 곰, 작은 곰으로 저장해 두었단다. 누가 큰 곰이고, 누가 작은 곰인지 모를 테니 악용하는 놈이 있어도 쉽게 알아챌 수 있다고 했다. 차량 주차할 때 연락받을 비상 연락 번호를 일반 전화로 제공해 주는 서비스도 있단다.

우리 가족은 암호를 정해서 무슨 일이 있을 때 그 암호를 사용하기로 했다. 평소와 다른 일이 생기면 암호를 꼭 묻기로 약속했다.

참 이렇게까지 해야 하나 싶지만, 만약은 대비해야 하지 않겠는가. 근데 나는 기발한 아이디어를 잘 생각해 내는 것 같다.

참 별게 다 자랑이다.

장례식을 마치고, 휴대폰 주소록 그룹에 그룹 하나를 더 추가했다. '본인 상'이라는 그룹을 만들고, 거기에 내가 죽으면 연락해도 되는 사람들을 담기 시작한 거다. 가나다순으로 되어 있는 이름들을 보면서, '이 사람에게는 내 죽음을 알려도 되겠구나, 이 사람은 몰라야겠구나, 이 사람은 날 기억하지도 못할 거 같구나.'라고 생각하면서 분류하기 시작했다. 사람들을 분류하다 보니, 각각의 사람들과의 관계를 다시 한번 생각하게 되었고, 많은 이름을 지웠다.

'시절 인연'이었던 사람들이 참 많다. 회사를 여러 군데 다니고, 하던 일이 다 다르다 보니 시절 인연이 참 많다. 옥석을 가리는 건지, 쓰레기 분리수거를 하는 건지, 전화번호 정리하는 데 며칠 걸렸다. 주소록이 반으로 줄었다.

인간관계가 그런 거다. 아쉬울 때만 연락하는 인간들과 계속 관계를 유지할 필요도 없고, 알고 지내면 좋을 것 같은 사람들도 1년 정도 연락하지 않으면 관계가 소원해진다. 어떤 이는 이름을 들여다볼수록 미안하기도, 감사하기도 한다.

연말연시에 연하장을 직접 쓰고, 그걸 부치러 우체국을 찾지 않은 지도 꽤나 오래되었고, 카톡이나 문자로 괜찮은 이미지의 연하장 보내는 일도 많이 줄었다. 보통의 경우 그런 걸 보내도 답장이 잘 안 온다. 다만 예기치 않은 후배들이나 예전 회사 동료들이 먼저 인사해 오면, 먼저 인사하지 못함에 미안한 마음이 든다. 앞으로 서로에게 연락을 더 안 하게 될 것 같다. "카톡으로 이모티콘 받으면 제대로 된 인사 같지 않다."라고 하는 사람들도 있으니까. 그렇게 얘기하는 사람은 어떤 이모티콘조차 먼저 보내지 않는다.

예전처럼 사람 간의 관계가 화기애애하고, 단체로 으쌰으쌰 하는 분위기는 다시 오지 않을 것이다. 사람을 못 믿고 경계하는 문화로 변해가는 것 같다. 혼자가 편하고, 이젠 한군데 모여서 업무를 수행하는 문화도 아니니까. 코로나가 재택근무의 가능성도 제대로 확인해 줬고, 전산상으로 공동 작업을 해도 문제가 되지 않는다는 걸 증명해 줬다. AI 덕분에 회사 측에서도 모든 직원이 다 필요하지 않다는 것을 확인한 셈이니, 사람끼리 모이는 일은 더더욱 줄어들 것이다.

또 이런 문명의 이기를 악용하려는 나쁜 놈들이 생기겠지? 보이스 피싱 방법도 더 기발해질 거고, 사기꾼들의 사기 수법도 더욱 교묘해질 거다. 언제까지 가족 간에도 암호를 설정해야 하는가 말이다.

어릴 때 보았던 만화 영화에서, 악당들은 매번 뭔가를 얻기 위해 계획하고 준비하고 실행한다. 정말 열심히 산다. 반면 주인공들은 평소에는 가만히 있다가 일이 터지면 해결하러 가서 거의 죽다 살아난다. 그렇다고 악당들을 전멸시키지도 못한다. 다음 회차에서 악당들은 또 뭔가를 준비해서 사고를 쳐야 하니까.

어디선가 누군가에 무슨 일이 생기면 나타난다는 〈짱가〉, 지구를 지키는 조류 오 남매 〈독수리 5형제〉, 〈로보트 태권브이〉, 〈그레이트 마징가〉 또 누가 있었지? 얘네들이 없어서 나쁜 놈들이 더 많아진 걸 거다.

영웅들이 사라진 자리에, 이제는 더 교묘하고 영리해진 악당들만 남았다. 기술은 발전했지만 사람 간의 온기는 식어가고, 우리는 서로를 경

 참 별게 다 자랑이다

계하며 각자의 섬으로 숨어든다. 그 많은 영웅은 다 어디로 갔을까?

　세상의 모든 나쁜 놈들에게 진심으로 한마디 던지고 싶다. 제발, 그렇게 살지 마라.

〈로보트 태권브이〉 중 깡통 로봇 철이

03

타로 카드 The Fool

"이 카드가 보여주는 것처럼 손님은 마음의 짐을 싸서 회사를 그만두려는 것 같아요. 그런데 누군가가 발목을 잡고 있어서 떠나지 못하고 있군요."

10년 전 여름, 이태원에서 관계사 대표와 점심을 먹고 걷다가 "타로나 재미 삼아 한 번 볼까요?"라는 대표의 권유에 아무 기대도 없이 타로샵에 들어갔다. 그 대표는 "무엇이 궁금하나요?"라는 타로 쌤의 질문에 "가족에 관한 게 궁금합니다."라고 했다. 그에 대한 타로 쌤의 대답이 나의 눈을 번쩍 뜨게 했다. "아들만 넷이네요?" 내가 아는 정보로는 대표의 아들이 셋인데. 근데 그 대표 대답이, "하나는…." 아들만? 자식이 넷이라 해도 놀라운 건데, 그걸 어찌 알까?

내 차례가 되어서 '일'이 궁금하다고 했다. 직업이나, 직장이나 그런 걸 얘기하지도 않았다. 사실 내가 무슨 일을 하는지 정보를 주지 않았다. 내 사업을 할 수도 있고, 백수일 수도 있고, 회사원일 수도 있으니, 그냥 '일'이라고 대답한 거였다. 처음이라 뭐라 물을지도 몰랐고, 알아맞힐 수 있을지 의구심도 들었었다.

당시 5년 차 부장으로 담당하고 있던 업무들은 그룹 사업이 전부였다. 그룹은 그들이 원하는 시기와 결론만 요구하고 있어서, 내겐 그 어떤 주도권도, 의견도 내세울 수 없는 일들이었다. 내 의지랑은 전혀 상관없는 일들인 거였다. 책임감이 강한 나는, 회사 일에 있어 방향과 목표가 정해지면, 그걸 무조건 달성하기 위해 정말 열심히 뛰었다. 그냥 해결사 같은 일이었다. 설거지 전담 같기도 했다.

부사장님이 자주 그의 방으로 날 불렀다. 그 방엔 늘 새로운 질문이 같이 기다리고 있었다.
"최 부장, 이런 거 알아? 이런 건 어떻게 해야 해? 이런 거 가능할까? 혹시 해봤니?"

그분이 무능해서가 아니다. 이 회사는 그룹 사업만 하도록 만들어진 회사였다. 하지만 자생력을 기르려고 이것저것 참여 시도도 해보고 있었고, 이런저런 사업 제안이 임원들을 통해 계속 들어오고 있었다. 그룹 사업 외의 다른 사업에 대한 회사의 경험이나 시스템이 부족하다 보니, 경력 사원인 내 의견이 많이 필요하셨던 거다. 그분은 그룹에서도 인정받는 분이셨고, 이 회사로 오시고 나서는 차기 대표이사감이라는 얘기도 돌던 분이셨다. 공교롭게 내가 해본 일만 물어보셔서 그나마 자신 있게 답변할 수 있었다.

경력 사원들은 타사에서의 남다른 경험이 있다. 그래서 그들의 그 경험들이 강하게 요구되는 일들이 자주 발생하기도 했다. 나도 그런 편이었다.

이 회사는 해외 사업을 해본 적이 없어서 영문 브로슈어조차 없었다. 해외 출장 가서 쓸 영문 브로슈어를 출장 전날 혼자서 만들었다. 인쇄하고 바인딩까지도 혼자 다 할 수밖에 없었다. 영문 브로슈어 만들겠다고 국문 브로슈어 파일을 요청했더니, 보안이라고 얘기하는 직원 대답에 아직도 화가 치민다.

사실 브루나이라는 나라의 경제인 연합회와 협의하러 가본 놈이 얼마나 있었겠는가? 나라 이름조차 모르는 사람이 아직도 많을 테니까. 태

     참 별게 다 자랑이다

국 왕실과 농민연합회, 왕실 경호대를 만나는 일도 마찬가지였을 것이다. 결국 밤늦게까지 PT 자료까지 만들고, 혼자 리허설도 두 번 했다. 난 원래 혼자서 계획하고 만들어 내는 걸 참 잘한다.

참 별게 다 자랑이다.

수동적인 일들은 하기가 싫었고, 직속 상무의 횡포와 무능함, 회사 시스템에 대한 회의 등으로 퇴사를 고민하고 있던 시점에 타로를 보게 된 것이다. 난 마음의 짐을 싸서 떠나려고 했었고, 그분은 "최 부장, 너무 힘들어하지 말고, 나랑 같이 놀자."라고 하시며 붙잡고 계셨다.

그 타로 카드에는, 짐을 둘러메고 앞만 보며 나아가는 광대와 옆에서 경고하듯 말리는 개가 그려져 있다.

타로를 본 그날 이후 이걸 배워 봐야겠다고 생각했다.

KBS 미디어에서 발행한 타로 강의교재와 영문, 국문할 것 없이 많은 교재를 읽어댔다. 타로 카드 디자인이 작가에 따라 아주 다른데, 독특한 걸로 꽤 많이 수집하기도 했다. 현재는 상자에 가득 담겨 책장 위에서 자리만 차지하고 있다.

해석 능력은 의미를 아는 것과 별개이고, 여러 카드를 연계해서 해석하는 건 많은 경험을 필요로 한다는 걸 알게 되었다. 메이저 아르카나 스물두 장과 마이너 아르카나 쉰여섯 장, 네 개의 원소와 각각의 숫자 카드들은 고유의 의미가 있다. 각각의 의미와 여러 카드를 함께 볼 때의 의미가 다른데 이건 인간의 삶이나 다를 바 없다. 각 개인과 개인이 연계된 사회인 거다. 해석이 늘 어려울 수밖에 없다.

2019년 11월에 부사장님이 이직하신 회사에 놀러 갔다. 내게 본부장 자리를 만들어 줄 테니 같이 일을 하자고 하셨다. 그땐 나도 설계사 사장을 맡고 있었고, 그분도 옮기신 지 얼마 되지 않은 때라 "일단 회사 파악과 조직 정비부터 하셔서 안정적으로 자리부터 잡으세요."라고 이야기했다.

한두 시간 일 얘기도 하며, 그간의 회포를 풀고 나오는데 잡으신다. "오늘 저녁에 금융사 만나기로 했는데 같이 가자."라고 하시면서, "최 사장, 너무 힘들어하지 말고 나랑 재미있게 놀자."라고 하신다. 그날은 왠지 같이 가기 싫어서 약속 있다고 했다. 같이 갔어야 했다.

그날의 타로 카드가 'Three of Swords'라 그랬나, 하루 종일 뭔가 맘이 불편했다. 오늘의 타로 카드를 거의 매일 보면서 최소한 그날의 안 좋은

 참 별게 다 자랑이다

일을 미리 대비하려고 했었다. 그날도 그랬다.

안 좋은 기분을 떨쳐내려 그분을 보러 간 거였다. 수주 영업 업무가 막연하고, 고민도 많은 터라, 내가 좋아하고 날 믿어주는 사람을 만나면 위로가 될 것 같았다.

그분과 같이 어디를 가든 무슨 일을 하든 늘 즐거웠다. 하지만 내가 당연히 의전을 해야 하니까 살짝 귀찮기도 했다. 그것보다 그날은 왠지 몸도 좀 찌뿌둥했다. 그날 그분은 그 저녁 식사 자리에 가셨다가 계단에서 낙상해서 돌아가셨다.

11월이 되면 부친의 생신과 결혼기념일, 아내의 생일, 가까운 친구의 생일 등 중요한 날들이 많다. 공교롭게 친구 생일날 돌아가시는 바람에 그 날짜는 잊을 수가 없다. 그 작은 눈으로 웃으면서 날 응원 해주시던 얼굴은 더더욱 잊을 수 없다.

타로가 화투 점이랑 뭐가 다르냐는 선배의 이야기에 반박을 한 적 있지만, 무슨 의미가 있을까?

요샌 타로 카드 말고 오라클 카드도 많다. 타로, 사주, 점성술, 점사 등등 미래에 대한 불안을 해결해 보려고, 결정 못 하는 것을 상담하려고 사람들은 여러 가지 방법을 찾는다. 다 맞기도 하고 틀릴 수도 있다.

사실 누구나 각자의 머릿속에는 자신만의 정답이 있다. 그저 상담하면서 자신의 처지를 공감해 달라고 하는 거고, 자신의 정답에 대한 전문가의 동의를 듣고 싶은 거다. 믿고 안 믿고는 그다음 문제인 것 같다. 자신이 원하는 답이 나올 때까지 타로 카드를 계속 뒤집어 볼 테니까.

오늘의 타로는 Six of Cups. 옛날이 생각나는 날이니, 낮술이나 한잔해야겠다. 그분이 보고 싶거든, 무척이나.

형님, 나중에 저랑 재미있게 놀아요.

04

내가 설거지는 잘하지

건축공학과를 졸업하고 건설 시장에 있다 보면, 다른 공학과 출신보다 동문 간의 교류가 더 많고, 도움을 주고받을 때가 많다. 설계사무소, 건설사, 엔지니어링사, 심지어는 교수들까지도 자주 만나서 서로의 정보들을 공유한다. 그렇게 만난 동문 중에 내가 좋아하는 선배들이 있다. 늘 그냥 봐도 좋은 선배들.

건설사 임원직에서 물러났을 때도, 김포에서 공공사업 수행하다가 쉬게 되었을 때도, 두 번이나 자신이 근무하는 회사로 불러준 선배가 있다. 설계 총괄 대표를 맡고 있으며, 독실한 기독교인이어서인지 따뜻하고 바른 선배다. 늘 떠올리면 미소가 절로 나오게 하는 선배다.

회사의 내부 임원들과 대표들을 설득해서 전략 쪽 업무를 담당하는 부사장으로 나를 추천해 주었다. 참 고마운 분이다.

덕분에 사장단 면접을 수월하게 마치고, 최종 회사 대표이사들의 면접까지 진행하게 되었다. 두 분의 대표이사 중 한 분이 "우리 회사에 입사하면 어떤 역할을 수행하려고 하나?"고 물었고, 주저하지 않고 "설거지하기 전 쓰는 키친타월 한 장 같은 역할을 하겠습니다."라고 했다.

그 큰 회사에서 한 개인이 거대한 변화나 획기적인 결과를 도출해 낼 수 있다고는 생각지 않는다. 물론 그런 변화의 실마리를 제공하거나 위기에서의 전환점을 만들어 내는 사람들을 봐 온 것도 사실이다. 하지만 내가 그런 정도의 대단한 사람이라고 장담할 수는 없었다.

여러 회사를 옮기면서 나의 역할은, 아무도 하기 싫은 일, 어려운 일, 심지어는 곪아 터진 일들의 설거지 담당이었다. 이상하리만큼 그런 일만 내게 돌아왔다. 그런데 나라는 인간은 그런 일들을 기대 이상으로 잘 해결해 나갔다.

     참 별게 다 자랑이다

참 별게 다 자랑이다.

어렵게 해결하고 잠시라도 좀 편하게 지내려고 하면, 가만히 있었던 사람들이 이때다 싶다는 듯 여지없이 공격해 왔다. 공의 가로챔과 그들의 욕심에, 또 다른 곳으로 밀려 떠나야 하는 게 직장 생활의 반복이었다. 우연히 그때마다 또 다른 회사들에서는 벌려놓은 설거지를 위해 나를 찾았고, 난 또 설거지하러 갔다. 이 회사는 설거짓거리가 없나 보다. 채용이 되지 않았다.

지금은 집에서 가족들이 먹고 나간 설거지를 하고 있다. 많지는 않지만, 다른 집안일도 그렇듯이 해도 티가 안 나고 귀찮기는 하다. 저녁 식사 준비를 하고 나면 요리할 때 사용한 도구와 그릇들이 많아지기도 한다. 설거지가 힘들어도 준비한 음식을 맛있게 먹는 모습을 보면 흐뭇한데, 맛없어도 맛있게 먹어주는 모습엔 늘 고마움을 느낀다.

건설 시장이 어렵다. 한 번이라도 좋았던 적이 있을까 싶기도 하다. 자재비, 인건비는 천정부지로 오르고, 장기간 수행해야 하는 사업은 중간중간 중단의 위험도 늘 존재한다.

이번에 대학에 들어간 딸이 "아빠는 어떤 일 하는 걸 좋아해요?"라고
물었다. "아빠는 남들이 어려워하고 하기 싫어하는 일 완성하는 거 좋아
해. 요새 건설 시장이 많이 어렵거든. 어려워졌으니 아빠 같은 사람 또
찾을 거야."라고 대답했다. 난 설거지를 잘하니까.

참 별게 다 자랑이다

05

김장하러 가는 날

어머니는 "휴가 내고 내일 새벽에 출발할게요."라는 내 얘기에 운전 조심하라는 평소 말씀 대신 의외로 커피를 주문하셨다. 아들이 온다는 얘기에 기분이 좋아지셨나 보다. 식으면 맛이 없을 것 같아 보온병을 좋은 놈으로 찾아 꺼내고, 김장할 때 쓰려고 새로 산 채칼을 가방에 담고, 많이 무뎌졌을 것 같은 칼들을 갈아드리겠다는 생각에 숫돌과 틀도 준비했다. 평일인데도 새벽부터 강변북로는 막혔고, 고속도로에 도착하니 이제야 길이 좀 풀렸다. 다들 나처럼 김장하러 고향에 가는 건가?

강원도로 들어설 무렵 환기하려 창문을 열다가, 문득 풀들의 피비린내가 맡고 싶어졌다. 제초기에 잘려 나가도 비명 한마디 못 내고, 진한 피비린내만 풍기며 내 던져진 풀들의 모습이 보고 싶어졌다. 물안개가 스멀스멀 피어오르는 새벽 남한강의 다리를 건너며 갑자기 든 생각에, 왜 이런 생각을 하고 있을까 궁금하기도 했지만. 고통스러워도 살아있다는 느낌을 느끼고 싶었던 것 같다. 남한강대교를 건너며 보이는 언덕들엔 초록의 기운이라고는 찾아볼 수 없었고, 피 한 방울 흘릴 힘조차 없어 보이는 마른풀들과 나무들만 늦가을 추위에 웅크리거나 죽어 있었다.

이맘때쯤 되면 임원들의 인사와 조직 개편과 신년 사업 계획 준비가 슬슬 끝나간다. 갑자기 전화 통화가 안 되는 친구들과 그동안 바빠서 못 갔던 가족과의 해외여행을 의무처럼 가는 친구들의 소식이 들리면 '이들도 잘렸구나, 그래, 우리가 그럴 나이지.' 싶은 마음이 든다. 분명 한 두 달은, 아니 길게는 반년 정도 쉬면서 '난 그동안 고생했어, 열심히 살았잖아?'라는 마음으로 자신을 스스로 위로하다가, 문득문득 드는 불안한 마음에 새벽잠을 설칠 거란 걸 난 잘 안다. 난 '습관성 이직 증후군' 환자라 이쪽 마음은 누구보다 잘 안다고 생각한다.

참 별게 다 자랑이다.

얼마 전 대기업의 현장소장까지 하던 친구가 전화를 걸어왔다. 반가

     참 별게 다 자랑이다

운 마음에 이름을 부르며 반겼더니, 번아웃이 와서 명예퇴직한다고, 이제 좀 쉴 거라고 한다. "그간 열심히 잘 살았잖아? 잘해왔으니 좀 쉬어야지, 잘 생각했어."라고 진심으로 얘기는 했지만, 한편으론 '나오면 갈데 없단다, 정년도 늘었는데 좀 더 버티지.'라는 생각까지 들어 가슴 한편이 상당히 씁쓸했다.

오십 대 중반이 되면 본인들의 의지와 상관없이 물러나야 하고, 잘나가던 이들도 목의 힘이 빠지고, 마음의 거품이 빠지면 적당한 회사로 낮춰서 먹고살겠다고 움직이겠지. 그것도 안 되는 이들이나 집에 돈 좀 모아 놓은 이들은 계속 쉴 거고. 집 근처 드럼 학원부터 또 찾아볼 테지.

휴식은 대나무의 마디 같다고 했던가? 그래서 바람에 부러지지 않고 높이 자라는 거라고. 근데 요즘 세상은 그런 바람이 아닌 것 같다. 나무 베는 전동 톱 같다고 생각해. 단 10초도 걸릴 것 같지 않은 성능 좋은 전동 톱. 그래서 사람들은 대나무처럼 못 사는 것 같다. 악 소리조차 못하고 잘려 나가는 풀들처럼, 피비린내로밖엔 표현 못 하는 풀들처럼 사는 거 같다. 그런데 봄이 오면 언제 그랬냐 싶게 울창해지고, 그 힘에 제초기를 엉켜 고장이 나게 할 수도 있는 힘이 있다. 피비린내를 풍겨도 좀처럼 죽지 않는다.

이제 조금 더 가면 고향 집이고, 가장 가까운 카페에서 뜨거운 카페라테를 보온병에 담아야겠다. 거품이 빠지고 식어버리면 본연의 맛도 없을 테니까, 인생이 그런 것처럼.

사실 휴가 내고 김장하러 가는 게 아니다. 몇 달 전 몸이 안 좋아져서 회사를 그만두었고, 집에서 여기저기 알아보는 중인데, 늙은 부모님께는 회사 잘 다니고, 잘 살아 있는 중년의 아들이 되어야 하니까. 늘 건강하고 승승장구하는 아들이. 특히 김장도 잘하는.

　　　　　　참 별게 다 자랑이다

06

혜화동 디마떼오

대학로에 안 가본 지 꽤 오래되었다. 마로니에공원도 다시 걸어 보고 싶은데, 꼭 들르고 싶은 곳이 두 군데 더 있다.

2005년 가을 종로노인복지관 현장소장으로 발령받았다. 현장은 대학로와 가까운 곳이었고, 이화장 옆이었다. 당시 회사는 내부 갈등으로 매우 시끄러웠고, 계파에 밀린 라인에 있던 내겐 거의 한 달 동안 지원을 해주지 않았다. 혼자 현장 착공 준비를 해야 하다 보니 해야 할 일이 너무 벅찼다. 측량부터 통신망 연결까지 어렵게 해결하는 동안, 감리단 측의 "왜 직원을 내보내지 않느냐?"는 등의 지적과 잔소리는 멈추지 않았고, 그에 대한 나의 변명만 늘어갔다.

현장사무실용 컨테이너만 하나 더 구해서, 임대한 복합기에 가지고 간 개인 PC와 모니터를 연결했다. 가구를 지원해 주지 않아서, A4 박스 위에 모니터를, A3 박스 위에 키보드와 마우스를 올려놓고 맨바닥에 신문지 깔고 앉아 일을 해야 했다.

청사진으로 받은 도면을 옆에 펴고 일하다 보니 허리 통증이 여간 심하지 않았다. 외주로 구할 수 있는 건 현장 예산으로 준비할 수 있었지만, 본사에서 제공되어야 할 것들과 타 현장에서 넘겨올 것들은 일체 지원이 되지 않았다. 회사 그만두라고 이런 일을 시키나 싶을 정도로 열악하기 그지없었지만, 주변에서 조용히 도와주는 분들이 많아 그나마 버틸 수 있었다. 그리고 난 혼자서도 알아서 잘한다.

참 별게 다 자랑이다.

토요일 오전 업무가 끝나갈 무렵 열려있던 문밖에서 어린아이의 목소리가 들려왔다. "아빠~~" 아내가 6살 아들 손을 잡고 현장에 놀러 온 것이다. 그날도 컨테이너 문을 열어두고 바닥에 앉아서 모니터를 보고 있었는데, 내 뒷모습을 아이가 발견하고 날 부른 거다. '현장에서 제일 높은 사람'은 무릎을 짚고 일어나 아이를 안았지만, 나를 바라보고 있는 아내의 얼굴을 쳐다볼 수가 없었다. 아내는 현장 초기엔 다 그런 거로 생각했었다고 하나, 이런 현장이, 이런 현장소장이 어디 있을까? 그것도 1군업체가 수주한 관공사 현장인데.

대학로를 걸었고, 점심을 먹고 헤어졌는데, 그날 무얼 먹었는지 전혀 기억나지 않는다. 무슨 이야기를 나누었는지도.

다른 회사로 옮기고 얼마 지나지 않아 강남의 한 식당에서 연극 배우 이원승 씨를 만났다. 그는 대학로에서 디마떼오라는 이탈리안 레스토랑을 운영하고 있었고, 대학로 현장에 근무할 때 직원들이랑 몇 번 그 식당에서 회식을 했었다. 화덕피자가 정말 맛있는 식당이다.

가족들과 식사 중이던 그는, 무슨 일이 있는 듯 표정이 어두웠고, 아이와 부인의 표정도 그리 좋아 보이지 않았다. 내가 무슨 생각에 그랬는지는 기억나지 않지만, 난 경우 없이 다가가서 인사를 하고, 아이에게 이렇게 얘기했다. "너희 아빠는 멋진 분이고, 정말 훌륭한 분이다. 이쁜 딸이 응원해 주면 힘이 나실 거야." 그러곤 그 집 식사비까지 지불하고 나왔다. 약간 처진 그의 어깨가 너무 무거워 보여서 그랬던 것 같다.

몇 년 후 성균관 주변 거리를 가족과 함께 청소하는 회사 행사가 있었

다. 아이와 아내와 행사를 마치고, 대학로 맛집을 찾아 점심을 먹기로
했다. 문득 라자냐와 화덕피자가 생각이 나서 디마떼오로 향했다. 제대
로 된 라자냐를 먹을 수 있는 데가 흔치 않았으니까.

현관에서 이원승 씨를 보고 가볍게 인사를 하고, 아내에게는 연예인
이 하는 식당에 온 거라고 너스레를 떨었다. 화덕피자랑 라자냐를 거의
다 먹을 무렵 이원승 씨가 우리 테이블로 왔다.

지난번 자기 가족 앞에서 자신을 칭찬해 줘서 가장의 체면이 살았다
고, 정말 감사했다고 한다. 오늘 먹은 건 자신이 지불해야 신세 갚는 거
니 그냥 가라고 했다. 수년이 지났고 나도 잊고 있었는데, 그는 기억하
고 있었다.

이야기하는 걸 수줍어하는 어린 딸에게, "다른 사람이랑 이야기할 때
는, 말을 상대방 귀에 넣어주어야 한다. 그래야 네 이야기가 잘 전달되
는 거야."라고 말하며, 연극무대 후배에게 할 법한 조언도 아끼지 않았
다. 마지막으로 "너희 아빠 굉장히 훌륭한 분이다. 이쁜 딸이 응원해 주
면 힘이 나실 거야."라는 같은 말을 남기고 자리를 떠났다.

　　　　참 별게 다 자랑이다

가장이란 무게. 그건 아직도 잘 모르겠다. 하지만 남이 가족 앞에서 가장의 위신을 세워주면 큰 힘이 난다는 건 안다.

대학로 근처 대학에 입학한 딸 덕분에 혜화동이란 단어가 자주 귀에 들리는데, 대학로 근처에 가면 디마떼오만큼은 꼭 들러보고 싶다. 그는 아직 나를 기억하고 있으려나?

그는 2014년 3월을 기억하고 있었다.

참 별게 다 자랑이다

07

몽블랑 만년필에 묻어있는 씁쓸함

"남자는 자기 물건의 '이야기'를 가지는 순간 비로소 자기 삶의 의미를 알게 된다. 나에게 만년필이 나의 물건이다. 니가 자랑스럽게 이야기할 수 있는 '물건' 하나쯤은 있어야 하지 않겠어?" - 『남자의 물건』, 김정운 교수

삶이 지치고 힘들 때 김정운 교수의 책과 강의는 삶의 의미를 다시금 되돌아보게 해준 큰 고마움이었다. 아마 힘들 때 나처럼, 법륜스님, 김경일 교수, 김창옥 교수, 김미경 강사 등 명강사들의 강의를 들으며 마음을 다독였던 사람들도 꽤 많을 것이다. 그래서인지 언제부터인가 심리학이 우리나라에서 인기를 누리기 시작했다. 학교 다닐 때 누가 심리학과 간다고 하면 이상하게 생각했을 정도로 약간 비인기 학문이었는데, 세상이 변한 거다. 소외된 인간과 관련된 근원적인 문제나 사상, 문화 등을 중심적으로 연구하는 학문인 인문학 쪽도 사람들의 많은 관심

을 끌어내고 있다. 다들 자기 자신을, 그 심리를 알고 싶어진 거다.

『남자의 물건』이란 책을 보며, 김정운 교수가 얘기한 만년필에 꽂혔다. 나도 폼 나게 살 수 있는 뭔가가 있어야 할 것 같았다. 만년필을 한두 개 사서 모으기 시작했다. 뭐든 취미 생활을 시작하면 상당한 지출이 요구되는 게 당연한데, 이건 당최 비싸기 이를 데가 없다. 한 달에 10만 원씩 꼬불쳐 두었다가 1년에 하나씩 사기로 했다. 각 브랜드의 플래그십 모델들을 몇 년 걸리더라도 모아 보기로 했다. 수집 병이 또 도졌다.

만년필에 대해 제대로 알아보려고 우선 교재부터 구매했다. 무슨 취미를 시작하게 되면 꼭 책부터 사서 공부를 한다. 취미는 즐기면서 배우는 건데, 왜 공부를 하냐고들 한다. 잘 모르면 난 불안하거든. 아는 만큼 재미있는 거다.

만년필 관련 도서로, 박종진의 『만년필입니다』, 겐코샤의 『만년필 교과서』 등이 만년필에 대한 호기심을 채워줬다. 후루야마 고이치의 『만년필로 그림 그리기』 책을 따라 그림도 그려보고, 마음 다스리기 위해 만년필 필사책도 여러 권 구매했다. 작년에 나온 박종진의 『만년필 탐심』도 구해서 무슨 다른 얘기를 하는지 읽어 볼까 싶다.

　　　　　참 별게 다 자랑이다

윤희철 교수님은 펜 담화로 유명한데, 그분의 펜 담화 전시를 보고 반해서 만년필로 나무 그림을 몇 장 그려보았다. 교수님께 보여드리며 조언도 구했고, 주변에 내 작품(?)을 자랑도 해보았다.

참 별게 다 자랑이다.

만년필의 구성품은 그리 복잡하지 않다. 그 구성품의 적용 방식과 형태가 브랜드별로 각기 다른 그들의 개성을 표현한다.

잉크 주입 방식은 컨버터 방식, 피스톤 방식으로 나뉘고, 카트리지를 이용해서 컨버터 방식에 대응하기도 하며, 스퀴즈식, 레버식 등 필러 방식도 다양하다. 펜촉인 닙의 종류와 재질도 다양해서, 선의 굵기에 따라 EF, F, M, B로 나눠지고, 서명할 때 M닙이나 B닙을 사용하면 진짜 폼난다. 연성닙과 경성닙으로 단단함의 차이가 나타나며, 닙의 재질은 스틸, 14K, 18K 등이 일반적이나, 세일러의 닙은 21K로 되어 있어 글씨를 쓸 때 부드러운 붓펜 같은 느낌까지 난다.

배럴(몸체)은 일반적으로 레진이 흔한데, 다른 재료들도 많다. 원목으로 되어 있는 오마스의 배럴은 참 부드러우며, 옻칠을 여러 겹 칠한 우

루시는 만년필을 쥐었을 때 배럴의 매끈한 느낌이 펜촉의 느낌을 능가
한다. 비스콘티 만년필처럼 여러 재료를 바디에 입혀서 마치 보석을 가
공해 놓은 듯한 배럴도 있다. 메탈 소재도 많은데, 고가로는 금과 은을
쓴 것도 있다.

뚜껑의 파손을 보강하는 중결링은 장식적인 요소이기도 한데, 굵기와
개수도 제각각이다. 몬테그라파는 한 개이지만 굵고 장식성이 강하고,
파카 듀오폴드나 몽블랑 마이스터스튁은 중결링이 세 개다. 이 정도가
내가 아는 만년필 이야기인 듯하다.

만년필을 가만히 만지작거리다 보면 사람과 참 닮았다는 생각이 든
다. 잉크를 주입하는 과정은 우리가 지식을 습득하고 삶의 에너지를 채
우는 과정과 비슷하다. 너무 많이 넣어도, 너무 적게 넣어도 문제가 생
기는 잉크 피딩처럼 사람의 삶도 적절한 균형이 필요한 거다.

만년필 닙 또한 사람의 쓰임새와 닮았다. 닙의 성격에 따라 쓰임이 다
르고, 에너지도 다르다. 노트 필기용으로 적합한 가는 닙과 굵은 글씨나
서명용으로 쓸 굵은 닙의 쓰임이 다르고, 가는 닙은 잉크를 오래 쓸 수
있고, 굵은 닙은 금방 잉크를 소모하는 것처럼, 사람의 쓰임도 각각 다

        참 별게 다 자랑이다

른 거다. 각자의 역량과 에너지를 쏟아내는 방식이 다르니, 오래 쓸 건지, 힘차게 짧게 쓸 건지는 각자가 선택할 몫이다.

특히나 가격을 보면, 장식이나 화려함으로 높은 가격을 요구하는 놈이 있고, 수십 번 옻칠을 통해 완성되는 우루시처럼 시간과 노력의 결과로 높은 가격이 책정되는 놈도 있다. 부모의 재산이나 화려한 스펙 등으로 자기 몸값을 올리는 놈과 인고의 시간을 거쳐서 진짜 실력으로 몸값을 인정받는 사람이 있는 것과도 같다. 내 몸값은 얼마나 되려나 자문하게 된다.

몇 년 전 평생의 단짝이라고 믿었던 친구의 도움이 절실해서 어렵게 부탁했다. 중학교부터 단짝이었던 친구였고, 그가 원하면 내 일처럼 나서서 도와주었던 친구였으니, 이번엔 내가 도움을 좀 청해도 되겠다 싶었다. 그는 도와주겠다고 했다. 그냥 도움을 받기는 좀 미안해서 "뭐 하나 사줄까?" 물었더니, 만년필 하나 사달란다.

몽블랑 마이스터스튁 대형기인 149를 하나 샀다. 이 정도면 그놈이 폼나게 가지고 다닐 거로 생각했고, 이 정도면 충분히 고마움의 답례는 될 거로 생각했다.

그는 약속을 지키지 않았다. 정작 내게 절실했던 일에 대해 약속을 어
긴 거고, 심지어 경쟁 구도에서 상대편을 두둔하기까지 했다. 그 덕분에
겪은 수모와 좌절감, 그리고 회사의 질타는 정말 견디기 힘들었다. 늘
받기만 하던 놈에게 뭘 바라겠는가?

그때 사두었던 만년필은 1년 넘게 주인을 찾지 못하고 서랍 속에 처박
혀 있었다. 얼마 전 꺼내서 끄적거려 보니, 필기감이 펠리칸 제품보다
거칠게 느껴져서 실망했다. 몽블랑의 플래그십이 이러면 안 되는데 싶
었다. 최고 걸작이라는 뜻의 마이스터스튁이잖아?

나의 상처받은 나쁜 기억이 만년필에 투영되어서 필기감이 그랬던 것
같다. 몽블랑 만년필이 뭔 죄가 있겠는가? 쓰는 사람의 마음이 죄인 거
지. 아직 서로에게 길들어지지 않았을 수도 있다.

그에 대한 내 신뢰가 와장창 깨졌고, 그간의 그를 향한 내 노고가 너무
서러워서, 다시는 그놈을 안 볼 생각이다. 그놈은 만년필의 가치를 누릴
자격이 없다. 죽을 때까지 맨날 싸구려 볼펜이나 끄적거리며 살아라.

몽블랑은 각종 시리즈를 통해, 해마다 주인공을 선정한다. 그와 관련

     참 별게 다 자랑이다

된 테마를 디자인하여 만년필을 판매하고 있다. 1992년 헤밍웨이를 첫 시작으로 작가 시리즈가 판매되고 있는데, 첫째 아들과 둘째 딸이 태어난 해인 2000년과 2006년에는 독일의 프리드리히 실러와 영국의 버지니아 울프가 그 주인공이었다. 작가의 성별도 공교롭게 애들과 같다.

두 자루를 사두었다가 대학 입학 선물로 주려고 했는데, 그 시점엔 두 종류가 모두 품절이었다. 아마존 등을 검색했지만 구매할 방법이 없었다. 돈 굳었다.

문득 잉크 넣기 불편하고, 세척과 관리가 귀찮은 아날로그 정서를 좋아할까 궁금해졌다. 손 글씨보다는 타이핑이 편하고, 녹음만 해도 파일로 만들어 주는 문명에 익숙한 아이들이니까. 그래도 그들 나름의 아날로그 '갬성'도 있을 테니, 어쩌면 그들의 아버지와 공감해 줄 수 있지 않을까?

몽블랑 디지털페이퍼가 나왔단다. 이젠 몽블랑도 시대의 트렌드에 편승하는구나 싶어서 실망이다. '갬성'이 와사삭 부서지는군. 사실 난 워터맨, 파카나 펠리칸 만년필이 더 좋다.

몽블랑 마이스터스틱 149

08

쌍안경과 눈에
담아두고 싶은 풍경들

"집이 어느 쪽이죠? 신촌이면 세브란스 병원이 가깝겠군요? 지금 연락해

둘 테니 내일 바로 가보세요."

눈이 갑자기 잘 보이지 않아서 약수역 근처 안과를 찾았다. 처음 방

문한 그 안과에는 환자들로 가득했고, 대기실 TV에는 안성기 배우의

unicef 광고가 반복적으로 나오고 있었다. 케이블 방송의 광고는 길고

계속 반복되는 경우가 많다. 집에서는 광고가 나오면 TV를 꺼버리는데,

병원에서 틀어 놓은 거니 피할 도리가 없다. 계속 unicef 광고다.

의사 선생님께서 한쪽은 황반변성, 다른 한쪽은 녹내장이라고 한다.

빨리 큰 병원 가서 치료해야 한다며 세브란스 안과로 직접 전화해서 예

약까지 하셨다. 교통사고나 머리를 어디 세게 부딪친 적 있느냐고 물었

다. 녹내장은 담배를 끊어야 한다고도 했다, 담배가 안압을 올리기 때문에 특히 안 좋다고 했다. 병원을 나서며 담배를 끊기로 했다.

병원에서 보았던 unicef 광고가 생각나 한 달 치 담뱃값을 기부하기로 하고, '내가 다시 담배를 피우면 이 아이들 밥값 뺏는 거다.'라고 나 자신에게 선언도 했다. 그 후 12년간 담배를 끊었지만, 이제 다시 금연을 고민하고 있다. 그래도 unicef 기부는 아직 하고 있다.

예전 회사에서 재개발 사업을 담당할 때 추진위와의 마찰이 생겼었다. 무슨 사업이든 돈이 문제였고, 대여금 문제로 송년회 자리에서 언성이 높아진 적이 있었다. 그러다 다툼이 격해져서, 난 누군가의 손에 머리끄덩이를 잡혔고, 그는 내 이마를 돌 테이블 위로 내리찍었다. 그때의 충격으로 눈이 조금씩 안 보이기 시작했던 거 같다. 대수롭지 않게 여기다가 이 지경까지 온 게 아닌가 싶다. 지금까지 세브란스 안과에서 치료받고는 있지만, 더 이상 악화하지 않아 그나마 다행이다.

눈이 잘 보이지 않다 보니, 안경과 도수에 상당히 민감해졌다. 특히 외부 활동을 할 때는 눈부심도 심해 선글라스도 여러 개 가지고 다닌다. 렌즈도 종류별로 모으다 보니, 안경도 상당히 많다. 일상을 위한 다초점

     참 별게 다 자랑이다

렌즈, 각종 선글라스 렌즈와 편광렌즈, 심지어는 골프 전용 렌즈까지.

참 별게 다 자랑이다.

쌍안경에도 관심이 생겼다. 처음엔 아파트 옆 동으로 날아온 황조롱이를 자세히 보기 위해 작은 걸로 하나 사려고 했다. 그 후 다른 새들도 눈에 띄기 시작해 커다란 쌍안경과 조류도감까지 사들였다.

뭐든 아는 만큼 보이는 거라, 또 뭐가 보이면 알고 싶어지고, 알아내면 기분이 좋아져서 또 다른 뭔가를 찾는다. 시력이 안 좋아질수록 자꾸 뭔가를 더 보고 싶어졌다.

조류도감을 여러 권 사다 보니, LG에서 나온『한국의 새』라는 책을 발견했는데, 탐조하는 사람들에겐 바이블이 될 정도로 정리가 잘 되어 있는 책이다. 누구든 탐조를 시작한다고 하면, 이 책부터 추천해 주고 싶다.

도감에 있는 새들을 내 눈으로 직접 봐야겠다는 욕심이 생겼다. 쌍안경과 조류도감을 들고 철새도래지나 산과 바닷가를 돌아다녔고, 김포에서 근무할 때는 내 방이나 옥상에 올라가면 철새들의 모습들을 실컷 볼 수 있었다. 맨눈으로 보는 새와 쌍안경으로 당겨서 보는 새의 모습은 전혀 다르다. 새란 놈들은 가까이 가면 도망가니 멀리서 볼 수밖에 없으니까. 사람도 너무 가까이 가면 안 된다. 조류도감에서 새 이름을 찾고, 새 소리를 앱을 깔아 찾아보기도 했다. 다들 그게 재미있냐고 시큰둥한데, 안 보이던 게 보인다는 건 정말 특별한 경험이다. 해본 놈만 안다.

쌍안경은 배율과 대물렌즈의 크기 곱의 형태로 스펙을 표시한다. 배율별로 보이는 크기가 다른 건 당연하고, 배율이 클수록 손 떨림이 단점이기도 하다. 뭐든 일장일단이 있는 거다.

브랜드별로 가격대도 천지 차이고, 보석으로 유명한 스와로브스키 쌍안경은 몇백만 원이 우습다. 독일산, 일본산 등 수입 상품이 인기를 끌고 있는데, 전범 국가들이 이런 거 잘 만든다. 전쟁에서 이기기 위해서 고사양과 고품질이 필요했나 보다. 이것들을 이기는 국산 최고 장비를 꼭 하나 갖고 싶다.

눈이 더 망가지기 전에 눈에 더 담고 싶은 것이 생겼다. 소중한 사람과 함께 본 경치가 그랬다. 같이 본 장소에 대한 기억의 공유. 문장도 멋지다.

   참 별게 다 자랑이다

안과 진단이 나오고 얼마 후 혼자 제주 여행을 가게 되었다. 출발하기 며칠 전 "제주에서 인상 깊었던 장소가 어디였어?"라고 아내에게 물어봤다. 그곳에 꼭 가서 보고, 기억해 두려고 했다. 나중에 눈이 안 보여도 기억의 장소를 공유하며 이야기하고 싶었으니까. 사려니숲길, 절물휴양림, 새별오름의 나 홀로 나무 등등.

거실에 세워둔 필드 스코프와 삼각대 위에 먼지가 쌓여간다. 좀 있으면 철새들도 다 날아가 버릴 텐데, 더 늦기 전에 김포에 한번 다녀와야겠다.

시력을 더 잃기 전에.

09

나는 배에서
내릴 수 있을까?

"맥스, 도시를 보았지. 끝이 보이지 않는 도시를 말이야. 내가 못 보던 세상이었어. 도시의 수백만 개의 거리를 보았어. 거기서 어떻게 하나를 고르지? 난 배에서 내릴 수 없었어."

영화 〈피아니스트의 전설(The legend of 1900)〉의 마지막 장면, 친구 맥스는 폭파를 앞둔 버지니아 호에서 주인공 '나인틴헌드레드'를 설득하지만, 그는 배에서 내리지 않았고, 버지니아 호의 폭파와 함께 생을 마감한다. 1900년 배에서 태어나서 버려진 아기, 그래서 그의 이름은 '나인틴헌드레드'였고, 평생을 배 위에서만 보낸 천재 피아니스트였다. 그는 한눈에 반한 여성을 위한 음악을 작곡하고, 그녀를 따라 세상 밖으로 발을 내디뎌 보려 하지만, 한 번도 겪어보지 못한 거대한 세상에 대한 막연한 두려움이 그를 배에서 내리지 못하게 했다. 어쩌면 그에게는 죽음

     참 별게 다 자랑이다

이 새로운 길에 대한 공포보다 더 편안한 선택이었을지도 모른다.

몇 년 전 요요마의 첼로 연주곡 〈Playing Love〉를 듣다가, 이게 영화 음악이란 걸 알았고, 개봉한 지 20년 만에 영화를 보게 되었다. 이탈리아 영화들엔 이상한 먹먹함이 있다. 〈Cinema Paradiso〉, 〈Il Postino〉, 〈La vita è bella〉, 〈Once upon a time in America〉, 〈Malena〉 등등. 이탈리아 영화는 아니지만 피렌체 배경의 〈냉정과 열정 사이〉도 그랬다. 그 동네엔 가슴을 먹먹하게 하는 뭔가가 있다. 엔니오 모리코네의 음악이 거기에 있었다.

건축 관련 업무는 설계, 엔지니어링, 시공, 시행 등 여러 가지가 있다. 보통의 경우 자기가 사회 초년생 때 맡은 업무를 계속하게 되는 것 같은데, 나는 설계 업무를 시작으로, 미 공병단 관련 사업, 분양, 용지업무, 시공, 견본주택, 건설 IT, 해외 사업, 건설 수주, 재개발 사업, 설계 영업, 민관 합동 도시 개발 사업 등 많은 분야의 일을 경험했다. 참 가지가지 많이도 했다.

혹자들은 버티지 못해서, 인내심이 부족해서 그렇다고 하는데, 꼭 그랬던 것만은 아니다. 현실에 떠밀려 다녔을 수도 있는 거다. 건설 전반의 업무를 자의든 타의든 경험하게 된 것이고, 눈에 띄는 성과도 많이 만들어 냈다. 물론 한 업무만 했던 다른 사람보다 깊이가 많이 부족할 수도 있다. 그래도 각각의 업무의 상관관계나 전체적인 그림을 보는 눈은 있다고 생각한다.

참 별게 다 자랑이다.

아니, 이건 자랑할 만한 일이다. 다만, 먼저 자랑은 안 하겠지만….

그러다 보니 여러 회사의 다양한 분야가 기재된 명함이 수두룩하다. "넌 왜 자꾸 회사를 옮겨 다니니? 도대체 얼마나 옮긴 거야? 네 명함만 여러 장 있더라고."라고 하며 질타하는 선배들이 간혹 있다. 그러면 나는 "저도 제 명함을 모아요. 명함집 첫 장을 제 명함으로 꽉 채워 보려고 요."라고 말하며 씩 웃는다. 농담 반 진담 반이다.

영화 속 주인공이 한곳에 머물렀다면, 나의 삶은 정반대였던 것 같다. 세상의 그 많은 길을 다 걸어보려고 하는 듯, 다 걸어보고 하나를 선택 하려는 듯 그렇게 살아왔다. 어쩌면 그렇게 살아졌다는 표현이 맞을 듯 싶다. 목표를 세우고 그걸 준비하면서 살아온 게 아니라, 갑자기 주어진

     참 별게 다 자랑이다

환경을 어쩔 수 없이 선택했다. 늘 그 선택이 옳을 거란 막연한 기대를 하며, 그걸 감내하면서 에너지를 쏟아왔다. 그래서 새로운 것에 대한 두려움이 덜하다. 새로운 것에 대한 고민을 먼저 하지 못했으니까. 지금도 새로운 일을 찾아보고 있다.

내겐 제일 두려운 질문이 있다. 꿈이 뭐냐는 질문이다. 때론 뭘 하고 싶으냐는 질문으로 나를 두들겨 패기도 한다. 아직도 모르겠다. 몇 년 있으면 환갑의 나이가 되는데, 아직 뭘 할지 모르겠다. 뭘 해야 잘 사는 건지도 모르겠다. 누군가가 어려운 일 생겼으니 해결해 달라고 할 때까지 아무 생각 없이 기다리고 있는 것 같다. 마치 군대의 5분 대기조 같다.

몇몇 회사에서 예전에 하던 수주 영업 업무를 해달라고 연락해 왔다. 5년 정도 경험한 그 수주 영업 업무는 잘해야 본전이고, 늘 '나'라는 존재감을 간, 쓸개랑 같이 집에다 두고 다녀야 하는 일이었다. 그걸 가지고 다니면 존재감도, 간과 쓸개도 다치기 쉽다. 결국 얼마 전 망가진 쓸개를 떼어냈다. 요즘 오장육부를 다 가지고 사는 사람이 별로 없는 거 같다. 이것도 요즘 유행인 거지?

몇 달 고민하면서 한 가지는 다짐하게 되었다. 하고 싶은 걸 모두 다

하면서 살 수는 없어도, 하기 싫은 거 안 하고 살 수는 있지 않겠냐고. 내가 정하면 되는 거다. 만약 하기 싫은 일이 '내려야 할 육지'라면 나도 주인공처럼 버지니아 호에서 내리지 않을 것이다. 배에 남겠다고 생각하니 하루가 행복해졌다. 오늘 행복해야 내일도 행복할 수 있지 않을까? 존재하지 않을 수 있는 미래의 행복을 위해 오늘 불행할 필요는 없는 거다.

12월도 이제 한 달이 채 남지 않았다. 약속된 기대를 조금 더 기다려보겠지만, 그것이 여의찮다면 내년에는 홀가분하게 다른 일을 해야겠다. 어쩌면 나만의 버지니아 호에서 뛰어내릴지도 모르겠다. 그곳이 바다가 될지, 육지가 될지 모르지만.

 참 별게 다 자랑이다

제3부

하프타임, 다시 돌아본 얼굴, 후반전을 준비하는 마음

참 별게 다 자랑인 오늘

크리스마스 3일 전 우연히 알게 된
'Vince Guaraldi Trio – A Charlie Brown Christmas' LP를 주문했다.
크리스마스이브랑 크리스마스에 들으면 좋을 것 같았다.

「역시 크리스마스 선물은」 중에서

01

세 줄 일기 쓰는 걸
추천해

우리가 일기라는 단어를 들으면 먼저 떠오르는 생각은 숙제, 의무, 불편함 등일 것이다. 그건 아마도 초등학교 때 선생님께 검사받았던 일기의 안 좋은 기억이 머릿속에 남아있어서일 수도 있다. 그날 나에게 일어난 일을 쓰면서 정리하기 위해서가 아니라, 보이기 위한 숙제로써의 일기를 썼기 때문이다.

마음이 힘들거나 우울할 때 〈세상을 바꾸는 시간, 15분〉이라는 프로그램을 더러 보곤 했다. 15분 내외라 길지도 않고, 전문가들이 나와서 간략한 주제로 편하게 강연하는 프로그램이라 그리 부담도 없다.

10년 전쯤인가 그 프로그램에 개그맨 정선희 씨가 나와서 '스트레스를 디자인하라'라는 주제로 강연한 적이 있다. 일본 작가 고바야시 히로유키의 책『하루 세 줄, 마음 정리법』을 번역했다고 하면서 그 책에 나오는 방법을 설명하며, 도움이 되길 바란다고 했다. 자신도 상처를 극복하는 데 도움이 되었다고도 했다.

그걸 본 그날부터 태블릿에 나만의 양식을 만들어 따라 해보았다. 세 줄 일기를 쓰는 방법은 상당히 단순하다. 날짜 쓰고, 첫 줄에는 그날 일어난 일 중에서 가장 안 좋았던 일을 쓴다. 두 번째 줄에는 오늘 제일 좋았던 일을 쓰고, 마지막 줄에는 내일 우선 처리해야 할 일을 쓴다. 그게 전부다.

첫 번째 가장 안 좋았던 일들을 순위를 정해서 쓰고 나면, 그날의 다른 안 좋았던 일들은 내가 선택해서 버리는 것이 된다. 더 이상 스트레스가 아니다. 두 번째 줄에 제일 좋았던 일을 순위 매기고 적는 동안 첫 번째 줄의 안 좋았던 일은 기억에서 사라지고, 그날이 해피엔딩으로 끝나게 된다. 세 번째 줄에 내일 할 일을 쓰면 오늘의 일들은 그냥 잊히고

          참 별게 다 자랑이다

새로운 내일만 생각하게 된다. 마치 최면에 걸린 듯 그렇게 생각이 따라
간다.

더 좋은 효과가 있다. 한두 달 후에 지나간 것들을 보면 패턴이나 공
통점이 보인다는 것이다. 나는 어떤 종류의 일에 빠치고, 어떤 일을 좋
아하고, 어떤 일을 우선하여 생각하는지가 보이는 것이다. 내가 나를 객
관적으로 바라볼 수 있게 되는 것이다.

사주명리학을 좋아하고, 타로도 좋아하는 나는, 칸을 더 만들어서 그
날의 타로와 일주를 써 두었다. 사주 중 일주(日柱)가 한 바퀴 도는 데 60
일 걸리니, 60일 동안의 삶의 흐름이 좀 보이는 것 같고, 몇 년 치 특정
일주를 들여다볼 수 있어서 해당일의 흐름도 예견하여 대비해 보기도
한다. 난 정말 준비성은 투철하다.

참 별게 다 자랑이다.

자기 객관화라는 게 워낙 어려운 일이고, 어떤 부분은 자기 자신도 인
정하지 않으려 하는데, 이건 아마 개인별 방어 기제일 수 있겠다 싶다.
이 세 줄 일기를 쓰다 보면 그 방어 기제와 별개로 자기 자신이 오롯이

드러난다. 오랜 기간 쓰다 보면 쓰는 요령도 생긴다. 나중에 읽었을 때 무슨 일이 있었는지 알 수 없게 두루뭉술하게 쓰던 것들을 구체적으로 쓸 수 있게 표현이 바뀐다.

스마트폰 앱 중에도 '세줄일기' 앱이 있다. 그날그날 일어난 일을 세 줄 분량만큼만 쓸 수 있는 분량의 한계가 이 앱의 특징이다. 그 덕에 정리해서 쓰는 힘이 좀 생기는 거 같고, 초등학교 때 그림일기처럼 이미지를 넣게 되어 있어서 적당한 이미지 찾아 넣는 것도 재미가 있다. 나는 주로 'Pinterest' 앱에서 이미지를 찾거나 사진을 찍어서 그날을 기록한다. 매달 말일에는 한 달간의 그림일기를 각 이미지로 정리해 두었다가, 연말에 그 1년간의 일기 이미지들을 pdf로 저장하면 1년간의 그림일기가 한 권의 책이 된다. 물론 종이책으로 만들어 주는 서비스도 있는데 좀 비싼 게 흠이다. 용돈의 여유가 생기면 그간의 일기를 종이책으로 만들 생각이다. 요새 참 세상이 좋아졌다. 아날로그적인 감성은 많이 사라졌지만.

가끔 그날의 일기를 쓰지 못하고 잠자리에 들면 그다음 날 밀린 숙제가 되어버려 피곤하다. 오랫동안 쓰다 보니 습관이 될 법도 한데 매일 쓴다는 건 상당히 어려운 일이다. 다만, 한 번씩 꺼내어 보면 기억이 새

      참 별게 다 자랑이다

롭고, 이때 이러지 말아야 했다는 반성도 있고, 어떤 기억은 흐뭇한 미소를 짓기도 하니 참 좋다.

자기 자신을 돌아보는 일, 거울을 들여다보는 일, 자기 자신과 이야기하는 일은 상당히 낯 간지럽고 불편한 일이다. 하지만 세상에 나를 나보다 잘 아는 사람이 어디 있을까? 자주 나 자신과 이야기하고 쓰다듬고, 격려하고 사랑해야 한다. 그래야 나 이외의 사람도 이해할 수 있고 사랑할 수 있는 게 아닐까? 뭐 나도 잘 못한다. 그래도 계속 노력해야 하지 않을까?

기록이 기억을 지배한다고 하지? 나의 과거를 기록해 두면 나를 더 잘 알 수 있을 것 같다. 인생 후반전이 시작하는 이 시점에 초등학생이 되어 오늘도 일기를 쓴다. 오늘 일기 검사는 내가 한다.

참 잘했어요~

02

미간의 주름,
그게 뭐 어때서

"이 주름은 잡기가 좀 그래요. 미간의 주름이 깊어서 보톡스나 다른 시술로 고치기 힘들기도 하고, 미간 사이에 신경이 많아서 잘못 건드리면 위험할 수 있거든요. 건설 쪽 일 하신다고 하시니, 뭐 이게 더 필요할 수 있을 거 같은데요."

나이가 들면서 얼굴에 주름이 많이 생긴다. 잔주름도 많고, 늘 쓰는 인상 때문에 생긴 깊은 주름도 있다. 점점 깊어 가는 미간 주름과 팔자 주름은 더 늙어 보이게 해서 없앴으면 좋겠다 싶었다. 가까운 친구의 아내가 친구와 나에게 "둘 다 어디 가서 그 미간 주름을 어떻게 좀 해봐요."라고 했다. 나이 드는 남자들의 얼굴이 보기 흉했나 보다. 피부과에 약 타러 가끔 가지만 주름 때문에 가본 적은 없었는데, 이번에 몇 군데 문의해 보니 결국 '구제 불가'인 거다.

거울을 볼 때마다 눈썹 가장자리의 숱은 사라져 가고, 주름들은 조금씩 깊어지고, 모공들은 커진다. 흰머리랑 흰 수염은 왜 이리 늘어가는 건지, 뽑겠단 생각은 이미 의미가 없다.

그래도 아직 염색할 정도로 흉하진 않고, 탈모도 고민할 정도가 아니어서 그나마 다행이다. 격세 유전이라고 해서 무척 걱정했던 부분이 대머리였다. 이 얼굴에 대머리까지? 윽!

조부께서는 돌아가실 때까지 흰 머리카락이 한 올도 없었다. 물론 검은 머리카락도 없었다. 다행히 격세 유전의 공포에서 벗어날 수 있었던 건, 대머리가 되지 않아서가 아니라, 대머리가 격세 유전이 아니라는 걸 알고 나서다. 지금까지 잘못 알고 산 게 이것뿐이랴.

거울을 보고 있다가 문득 내 얼굴을 제대로 쳐다보지 못한다는 걸 느꼈다. 그 안에서 쳐다보고 있는 짝짝이 눈의 중년 남자의 얼굴이 그리 보기 좋지 않았다. 뭐 한 군데 맘에 드는 곳도 없고, 조화는 기대도 안 한다. 이젠 뭐 결혼도 했고, 어디 외모 가지고 비빌 생각도 없으니 상관없다. 다만 아이들이 나보다 엄마를 많이 닮길 바랄 뿐이다. 그래도 있을 건 다 있다. 쌍꺼풀, 커다란 귀에 복스러운 귓불, 봉긋한 콧방울, 도톰한 입술.

참 별게 다 자랑이다.

오스카 와일드의 소설 『도리언 그레이의 초상』에서 나오는 '대신 늙어가는 초상화'가 내게도 있으면 어떨까? 잠깐 상상해 보기도 했지만 그건 저주에 가깝다는 걸 잘 안다. 나이 들어가면서 그간의 경험이랑 시간이 고스란히 남는 게 얼굴일 텐데, 그게 사라지면 빈 도화지랑 뭐가 다르겠는가?

회사 워크숍에서 팝아트로 자신의 초상화를 그리는 행사가 있었다. 남들은 피부색에 가까운 색깔로 얼굴을 채색하고, 머리는 갈색이나 검은색으로 그렸지만, 난 피부를 진한 붉은색으로, 머리카락과 눈썹을 파란색으로, 흰자위와 치아 색을 연두색으로 그렸다. 음영도 같은 색의 톤으로 채워나갔다. 내 그림을 본 사람들은 뭐 이런 놈이 있나 싶었을 것이다. 영화 〈X-Men〉에 나오는 돌연변이 중 하나처럼 독특했으니까. 난 그런 독특한 놈이 되고 싶었던 것 같다. 그런 독특한 나만의 얼굴을 가지고 싶었던 것 같다. 나만의 독특한 삶을 새겨 넣고 싶었던 것이다.

몇 년에 한 번씩 여권용 사진이나 증명사진이 필요해서 사진관을 찾고, 그 사진들을 모아 놓다 보니 내 얼굴의 변화가 고스란히 보인다. 나이 들어가는 게 오롯이 다 사진에 나타나서 시간을 보여준다. 사진관에서 보정을 해준다고 하면 난 손사래를 친다. 그냥 그대로 해달라고 주문한다. 그렇다고 뭐 사진값을 깎아주지는 않는다. 몇천 원이라도 좀 깎아주지.

사십 대가 되면 얼굴에 책임을 져야 한다고들 하는데, 그거 말고도 책임질 거 천지다. 물론 다른 의미의 이야기인 걸 잘 알지만, 이젠 오십 대이고 다시 돌아갈 수도 없다. 뭘 자꾸 진리인 양 요구 좀 안 했으면 좋겠다. 따라 하지 않으면 뒤처지는 것처럼 느끼게 되잖아. 그냥 내 생각대로 나답게 살련다.

이외수의 소설 『훈장』 중에 거울 앞에 서서 거울 속의 자신을 보며 이야기하는 주인공의 독백이 생각난다.

"나는 놈을 향해 웃음을 던지고자 했다. 그러나 놈은 오히려 울상을 짓고 있었다. 웃어라, 자식아, 웃어, 웃으라니까. 웃겨주렴. 웃기네, 자식, 잠이나 자라."

나도 내 마음이 주인공이랑 비슷해서 거울 속의 나를 그렇게 쳐다보지 못하고 있었던 걸까? 떳떳하고, 울상을 짓지 않는 거울 속 얼굴을 만들어야 하는데, 밖으로 나갈 땐 가면을 쓴다.

나중에 죽으면 예전에 그린 팝아트 초상화를 내 영정 사진으로 쓰려고 한다. 혹시나 조문 온 사람들이 그걸 보고 깜짝 놀랐다가 씩 웃고 가라고. 최소한 한 번쯤 타인에게 웃음을 주는 놈이 되면 좋지 않을까? 환하게 웃는 그림을 보며.

안성기 배우나 멜 깁슨 배우를 볼 때마다 그들의 환하게 웃는 모습은 참 멋지고, 웃을 때 그 미소를 돋보이게 해주는 눈가의 주름은 참 부럽다. 그건 평상시에 많이 웃어서 생긴 주름이겠지? 난 그런 주름은 전혀 없다. 늘 인상을 써서인지 쓸데없는 미간의 주름만 깊어져 간다. 그래도 뭐 괜찮다. 앞으론 좋아질 일만 남았으니까.

그리고, 의사 선생님, 건설 쪽 일 한다고 인상만 쓰지 않아요. 밝고 좋은 인상 가진 사람들이 얼마나 많은데요.

    참 별게 다 자랑이다

03

중간에 꼭 끼인 것 같아!

"혹시 사진 촬영하신 다음에 편집을 따로 하실 건가요? 그게 아니시라면 후지필름의 카메라를 쓰세요. 필름 시뮬레이션이 있어서 수정 안 하셔도 됩니다."

어릴 때 짜장면 배달하던 사람을 상상해 보면, 오른손에 철가방을 들고 왼손으로 자전거 핸들을 잡고 씽씽 달렸다. 왼쪽에 뒷바퀴 브레이크가 있어서 왼손으로 핸들을 잡고 균형만 잘 잡으면 됐었다. 또 대부분 오른손잡이라 힘센 오른손으로 무거운 철가방을 드는 게 더 나았을 것이다.

10여 년 전 가족여행으로 속초의 영랑호 리조트를 방문했었다. 영랑호 주변을 한 바퀴 돌면 8km가 조금 안 되는데, 걸어서 돌아도 좋고, 자전거 타고 돌면 시원하고 시간도 얼마 걸리지 않는다.

가족 모두 자전거를 타고 한 바퀴 돌기로 하고 자전거를 빌렸다. 자전거 운전이 미숙한 첫째에게 "속도를 줄일 때 왼쪽이 뒷바퀴, 오른쪽이 앞바퀴 브레이크이니, 오른쪽만 잡으면 앞으로 고꾸라진다."라고 신신당부했다.

거의 한 바퀴를 다 돌 때쯤 첫째는 앞으로 고꾸라졌다. 놀란 마음에 쫓아가서 격앙된 목소리로 나무라니까, 왼쪽 브레이크를 잡았단다. 거짓말하지 말라고 하니, 아이도 화가 나서 자전거 안 탄다고 소리 지르며 자전거를 끌고 가버렸다.

나중에 알았다. 2010년 오른쪽, 왼쪽 브레이크가 바뀌었다는 것을. 아, 바뀌었으면 바뀌었다고 자전거 대여소에서 얘기를 해줬어야 하지 않나? 지금도 애한테 화를 낸 것이 너무 미안하다. 도대체 왜 바꾼 거야? 대학 가기 전까지 자전거로 통학했던 우리 같은 놈들은 어쩌라고? 세상이 바뀐 거다. 근데 아직까지 모르는 사람도 있을 거다.

대학 때 쉬는 시간이면 공중전화 앞에 긴 줄이 생겼었다. 삐삐의 음성 녹음을 확인하거나, 연락해 온 번호로 전화하기 바빴다.

 참 별게 다 자랑이다

졸업을 앞둔 1990년대 중반에는 위성 전화인지 뭔지 들고 자랑하는 부잣집 아이들도 간혹 보였다. 그러다 삐삐차고 공중전화 부스 가까이 가서 시티폰으로 통화하는 사람들이 많아졌고, 1997년 벽돌폰이라고 얘기하던 삼성의 애니콜이 나왔다. 신입 사원 연수를 마치고 부서 배치받을 때 그 비싼 휴대폰을 할부로 샀다. 내가 나한테 입사 선물을 한 거다.

참 별게 다 자랑이다.

그때도 시티폰 들고 다니는 선배들이 더러 있었는데, '공중전화 부스 근처 가서 전화할 거면 그냥 공중전화를 쓰면 되지, 뭐 하러 조금 편하겠다고 시티폰 들고 다니는 거야?' 싶었다.

난 폼 나게 셀룰러폰 들고 다닌다네, 물론 옆구리에 삐삐도 차고.

친구 놈은 아무것도 안 사겠다고 했다. 다들 핸드폰 들고 다니면, 빈 공중전화는 모두 자기 것이라고 했다. 역시 이놈은 생각이 깨인 놈이다. 그런데 이를 어쩌나, 근처의 공중전화 부스도 거의 없어졌거든.

우연히 송길영 작가와 김미경 강사가 의견을 나누는 유튜브에서 AI 이야기를 들었다. 이젠 AI는 필수라고, AI의 격랑에 저항하지 말고 편승

하라고 한다. 작년 9월에 나온 송길영 작가의 책『시대예보: 경량문명의 탄생』관련 이야기인 거다.

아이들을 보면 ChatGPT, Gemini 등 AI를 잘 다룬다. 아직 검색창을 뒤지는 수준인 나에게는 완전 새로운 문화인 거다. 자료 검색이 아닌 분석에, 그림도 그려주고, 동영상도 만들어 준다.

뭐 5년 전부터 AI 얘기는 나왔지만, 난 아직 사용법도 잘 모른다. 작년부터 급속도로 현실 생활에 AI가 실현되는 게 정말 눈 돌아갈 수준이다. 세상이 바뀐 거다. 뒤처지지 않으려면 따라가야 한다.

용산에 디지털카메라를 구경하러 갔다. 가지고 있는 디지털카메라의 화소도 그렇고, 풀프레임 카메라를 하나 갖고 싶었다. 아이들이 어릴 때부터 성장하는 걸 사진으로 남겨주는 것이 남는 거로 생각해서, 계속 사진으로 인화해 여러 권의 앨범으로 만들어 두었다. 포토프린터까지 사두고 여행이라도 다녀오면 많은 사진을, 날을 잡아 인화해서 보관했다. 디지털카메라를 사고 나서는 데이터를 외장하드에 백업하고, 그걸 또 백업해 두었다.

아버지는 퇴직 후 사진 동호회 활동을 취미로 하시면서 직접 현상, 인

     참 별게 다 자랑이다

화도 하시곤 했었다. 백두산에 다녀오셔서 찍은 사진이 고향 집 거실벽에 걸려 있다. 여러 액자를 제작하시고 자식들에게 몇 개씩 나눠 주시기도 하셨다. 필름 카메라를 주로 사용하신 것 같았다. 간혹 디지털카메라로 찍은 사진을 포토샵으로 편집하셨고, 더러 막히는 게 있으면 물어보시기도 하셔서, 사진이나 장비 얘기는 부자지간의 공통 화제가 되었다.

요즘 카메라는 각종 필름별 특정 효과까지 재현해 주니 포토샵도 필요 없단다. 별게 다 나온다.

이미 전화기, 오디오, 사진기, 캠코더가 스마트폰으로 들어가서 사진기도 꼭 필요한 사람 아니면 잘 안 쓴다. 이젠 디지털카메라도 잘 안 가지고 다니는 것 같다. 데이터 저장도 외장하드가 아닌 클라우드로 날려보내고 아무 곳에서나 연결해서 쓴다.

나는 아직도 필름 카메라에 익숙한 거 같다. 24방, 36방 찍을 수 있는 필름들에 더 정감이 간다. 그래서 그런지 심지어 디지털카메라로 사진을 찍을 때도 아껴서 찍는다. 이런 건 요즘 아이들은 전혀 이해하지 못한다. 내가 아직도 적응 못 한 것도 맞다.

아버지는 손 글씨로, 나는 손 글씨와 워드프로세서로, 아이들은 AI를 사용하여 기록하고 저장한다. 세상이 바뀌어 가는 속도가 빨라 세대 차이에서도 너무나 그 차이의 간극이 크다.

마크 트웨인이 "망치를 든 사람에게는 모든 게 못으로 보인다."라고 했다는데, 이 얘기를 듣고 문득 다른 생각이 들었다.

아버지 세대에서는 망치만 쥐어져서 그것만 사용한 것 같고, 우리 세대엔 망치와 펜치 정도를 같이 쥐어진 것 같다. 아이들에겐 공구 세트를 고를 수 있는 선택권까지 부여해 준 것 같다. 망치랑 펜치를 가진 나는 망치질만 하시는 아버지를 이해 못 하는 부분이 있고, 아이들은 날 보면서 더 답답해할 것 같다. 세상 보는 수준이 다르다.

세상을 보는 시각도, 생활 방식에서도 우리 세대는 중간에 낀 것 같다. 부모 세대의 기준을 따랐지만, 이젠 그게 현실과 맞지 않는 것 같고, 우리 세대의 기준을 이야기하면, 아이들은 귓등으로도 듣지 않는다. 우리를 꼰대라고 생각해서도 있겠지만, 그들 세상은 전혀 다른 세상이다. 낀 세대가 할 수 없이 양쪽을 다 맞춰야 한다. 부모 세대에도 '맞습니다.' 하고, 자식 세대에도 '네가 옳다.'라고 해야 하는 것이다. 아주 중간에 꼭 끼었다. 경제적으로는 부모도 부양해야 하고, 취업 안 되는 아이들도 챙겨야 한다. 그래도 난 그 상황까지는 아니어서 감사할 따름이다.

 참 별게 다 자랑이다

집에 있는 자전거를 가만히 세워두기 아까워서 양쪽 브레이크를 바꿔 보기로 했다. 난 아직 왼손의 브레이크가 뒷바퀴용이어야 안심이 된다.

아버지는 오늘도 은행에 직접 가시겠지.

아들아, 다음엔 나랑 같이 자전거를 타자.

 참 별게 다 자랑이다

04

아직도 들려오는
그녀의 목소리

사람의 목소리가 지문과 같다고 했던가. 〈복면가왕〉처럼 얼굴을 가리고, 노래 실력만으로 평가하게 하는 예능 프로그램도 있으니까. 아는 가수에 대한 선호도나 선입견을 차단해 보려고 한 의도가 아닌가 싶다. 그럼에도 클레오파트라 가면을 쓴 가수 김연우는 얼굴을 안 봐도 김연우였다. 목소리가 지문과 같다는 게 맞는 얘기인 거다.

외근을 나가거나, 운전할 때 11시가 되면 CBS 라디오를 켠다. 영화 〈Il Postino〉 사운드트랙 중의 〈In Bicicletta〉가 흘러나오고, 신지혜 아나운서의 오프닝 멘트가 시작되면 가슴이 콩닥콩닥 뛴다. 그녀의 목소리는 단정하고 맑으며, 정리가 되어 있는 무게감과 그 무게감 뒤에서 뭔가를 달래줄 듯한 다정함도 배어 나온다. 때론 찔러도 피 한 방울 안 나올 것 같은 단단함이 내 마음을 더 매료시킨다. 그 오프닝 멘트를 놓치지 않으려고 시계를 들여다보며 뛰기도 했으니 내겐 큰 의미였었다.

매일 듣지는 못해도 혼자 있을 수 있을 때는 늘 같이했다.

2023년 11월 초 라디오를 틀었다가 깜짝 놀랐다. 그녀의 목소리가 들리지 않았다. 10월 31일 자로 종방했다고 한다. 1998년 2월 시작한 프로그램인데, 25년간 혼자서 PD, 작가, DJ 역할까지 수행했다고 하니 참 대단하다. 아마 그 자리를 떠나는 입장에서는 자신의 일부 또는 전부를 떼어내 버리는 것 같은 고통과 아쉬움이 심했을 것 같다. 물론 전적으로 내 생각이지만, 그건 마치 정년을 마치고 직장을 떠날 때의 그 애잔함과 같지 않을까? 그래도 하프타임의 기적이 있을 거라고 생각한다. 나도 하프타임 중이다.

하프타임이 되면 전반전의 무모함과 성급함도 돌아보고, 쉬면서 자신의 상황을 정리하게 된단다. 그 쉬는 하프타임이 끝나고 후반전이 시작되면 비로소 자신의 진가를 발휘하게 된다는데, 그게 '하프타임의 기적'이란다.

참 별게 다 자랑이다

얼굴 한번 본 적 없고, 그녀에 대한 정보조차 찾아본 적이 없었는데, 마치 애인이랑 헤어진 것처럼 가슴앓이를 꽤 오래 한 것 같다. 유튜브에서 그녀의 목소리가 나오는 걸 다 찾아보고, SNS를 싫어하는 내가 인스타그램을 깔고 팔로잉까지 했으니 말이다. 25년간의 방송 동안 난 15년 정도 청취했던 것 같은데, 오십 넘은 나이에 짝사랑에 빠진 걸 알게 되다니….

난 사람이든 일이든 취미든 혼자 짝사랑을 잘하는 편이다.

참 별게 다 자랑이다.

대학 병원에서 건강 검진을 하다가, 성대에 덜렁거리며 매달려 있는 덩어리를 발견했다. 놀부의 심술보였는지, 혹부리영감의 혹 덩어리였는지 모르겠지만, 난 성대에 심술보가 달렸나 보다. 그래서 숨을 쉴 때 호흡이 좀 불편했고, 목소리에 쇳소리가 심했던 거였다. 대학교 1학년 여름 방학 때 페인트칠과 실리콘 작업 아르바이트를 하다 목이 잠기고는 그다음부터 쉰 소리가 계속되었는데, 그냥 그런가 보다 했다. 미 공병단에서 일할 때 내 영어 발음을 들으면 늙은 흑인 목소리 같다고 한 적이 있어 씩 웃기도 했었다. 애 늙은이인 거지.

다행히 수술로 제거하고 목소리가 좀 좋아졌다. 오랜만에 전화했던 선배가 전화 잘못 걸었다고 하며 전화를 끊은 적도 있었을 정도로 목소리가 바뀌었고 호흡도 좋아졌다. 심술보가 없어져서인지 그때부터 쬐끔 착해진 것도 같다.

목소리는 첫인상에서도 굉장히 중요한 요소로 작용한다. 한 사람의 목소리가 그의 인생을 대변하는 것 같기도 하고, 목소리에 따라 호불호가 나뉘기도 한다. 최소한 내겐 그렇다. 상대방의 목소리와 말투, 그가 구사하는 단어들이 그의 태도와 교양 정도를 표현한다고 생각한다. 밝고 맑게, 또렷하게 이야기하며, 정중한 자세를 목소리에 담으면 진심을 전달하기에 좋다. 요즘은 더욱 긍정적으로 말하고, 상대방이 듣기 좋게 예의 갖춰서 이야기하려고 노력한다. 뭐 노력한다고 다 되진 않는다. 핑계는 늘 있는 거고 나도 감정의 동물이니까.

아침 7시가 되면 〈김용신의 그대와 여는 아침〉 오프닝 멘트와 '아침 공감' 코너를 꼭 들으려 한다. 밝은 목소리와 경쾌한 호흡과 긍정적 에너지를 주는 목소리가 아침에 딱 좋다. 출근하며 '오늘은 어찌 사나?' 고민할 때 힘을 주고, '아침 공감'에서는 반성도 한다. 내겐 루틴으로 딱 좋은 것 중 하나다.

　　　참 별게 다 자랑이다

‘아침 공감’ 코너의 배경 음악과 출판사가 바뀌었다. Depapepe의 〈Mint〉 기타 소리가 참 좋았는데, Aakash Gandhi의 〈Lifting Dreams〉 피아노곡으로 바뀌었다. ‘한겨레 출판사와 함께하는’ 아침 공감에서, 이젠 ‘월간 좋은 생각이랑 함께하는’으로 출판사도 바뀌었다.

무슨 노래가 깔리든, 뭐가 되든, 잔잔히 읽어주는 그녀의 목소리가 하루 시작엔 참 좋다. 라디오가 아직 사라지지 않는 이유일 거고.

신지혜 아나운서는 꼭 한번 만나서 직접 목소리를 듣고 싶다. 인스타그램을 보니 정말 여러 방면으로 열심히 사는 것 같아 그녀답구나 싶었다. 다들 열심히 사는구나 싶어 살짝 반성도 하게 된다.

암튼 나도 그녀의 목소리처럼 듣고 싶은 목소리를 갖게 되면 참 좋겠다. 정말 자꾸 듣고 싶어지는 목소리를.

오늘 라디오에선 그녀의 마지막 방송의 마지막 선곡 〈Endless Love〉가 흘러나온다.

05

진짜, 아프면 안 된다

"아버지, 소일거리로 밭에 나가서 이런저런 농사짓는 거 잘 아는데요, 이제 좀 안 하시면 안 될까요? 이제 쉬엄쉬엄 조금만 하시거나, 이젠 좀 접었으면 좋겠습니다."

지난해에는 부모님께서 병원에 입원하시는 일이 몇 번 있었다. 한 번은 심근경색으로 스텐트 시술을 받으셨고, 넘어져서 골절이 왔던 적과 그 외에 몇 번 더 입원하시는 일이 있었다. 두 분이 번갈아 가면서 병원에 입원하시니 늘 신경이 쓰였고, 그때마다 회사고 뭐고, 바로 원주로 차를 몰았다. 그나마 심한 중병이 아니라 다행이었는데, 이 모든 일이 밭에서 일하시다가 생긴 일들이었다.

아버지께서는 퇴임하신 후 소일거리로 조그만 텃밭을 빌려 그해 김장

때 쓸 배추와 무, 대파, 고구마, 옥수수 등 여러 밭작물을 가꾸고 계셨고, 어머니랑 아침마다 밭으로 가시는 게 주요 하루 일과 중 하나였다. 자식들이 오면 농사지은 고구마니, 호박이니, 그때그때 나온 것들을 싸주시려고 했고, 난 받아오기 싫었다. 소일거리라고 하지만 그게 상당히 힘든 노동의 대가라는 걸 잘 알고 있었다. 그리고 그걸 집에 가지고 와도 잘 안 먹는다는 걸 아니까 더욱 싫었다. 싸와도 못 먹고 버리는 게 더 많았으니까.

병실로 병문안 가고 퇴원하시면 다시 문안차 뵈러 가기를 반복하면서 운전대 잡을 때마다 화가 마구 치밀어 올라와서 견딜 수 없었다. 그 밭을 다 갈아엎고 싶었을 정도다.

나도 작년 3월에 쓰러지고, 4월, 6월, 7월 세 차례 병원에 입원했다. 큰 질병이나 외상이 아니어서 오래 입원하지 않았고, 완쾌되었다는 의사의 확인도 받았지만, 병원에 입원한다는 것은 그리 유쾌한 일이 아니다. 두꺼운 책 한 권과 태블릿, 무선 이어폰을 가지고 무슨 여행 가듯이 입원하였는데, 수시로 검사하고 깨우는 통에 잠을 제대로 못 자니 짜증도 많아졌다.

5인실에서 다른 환자의 보호자나 병문안 차 손님들이 왔을 때는, 정말 견딜 수 없어서 귀를 더 틀어막고 볼륨을 올렸다. 빨리 퇴원하는 날이 오기를 간절히 바랐다.

앞자리에 입원한 환자의 보호자가 유독 시끄러웠는데, 딸들이 여럿인지 번갈아 가면서 교대했다. 그들이 뭉치기라도 하면 옛날얘기들을 해댔는데, 중년 여자들의 수다란 정말 듣고 있기 괴롭기 이를 데 없었다. 그런데 딸들이 구십 대 아버지를 쓰다듬고 몸을 닦아주면서 "아버지 정말 잘생겼다, 우리 아버지 멋지다."라고 계속 칭찬하며 말을 걸고 감사하고 있었다. 화상 통화로 손주들에게 연결도 하고, 교회 목사랑도 화상 통화도 했다.

문득 '나도 저렇게 할 수 있을까?'라는 생각에 묘한 감정이 가슴 저 아래에서 올라왔다. 다른 병상에 입원한 환자의 보호자는 계속 기도하며 운다. 난 남들 우는 거 보면 참지 못하는데, 이건 제대로 걸린 셈이다. 갱년기가 와서 그럴 수도 있겠지만, 정말 나는 음악을 듣다가도, 영화를 보다가도 참 잘 운다.

참 별게 다 자랑이다.

    참 별게 다 자랑이다

친구가 어느 날부터 술을 마시지 않겠다고 한다. 자주 만나서 맛난 술과 안주를 찾아다니며, 음악 애기, 사는 애기 하는 친구인데, 갑자기 술을 안 하겠다고 하니 의외다. 은근슬쩍 물어보니 아내가 암이란다. 자녀는 해외에서 근무하고, 둘만 집에 있으니, 아픈 사람 집에 혼자 있는데 밖에서 술 마시고 들어가기가 미안해서 안 되겠다고 했다. 8개월가량 금주하더니 어느 날 술 마셔도 된다고 연락해 왔다. 어찌나 반가운 소식인지, 내가 다 기분이 좋다. 물론 계속 지켜봐야 한다고는 하지만 그래도 좋아졌다니 얼마나 다행인가.

업무 중에 IT 부문에 궁금한 게 생기면 도움을 청할 수 있는 형이 있다. 차분하고 냉철하고 IT 관련해서는 전문가인 형인데, 요새 목소리에 힘이 하나도 없다. 형수가 암 투병 중이라 간병과 생업을 병행하다 보니, 본인의 몸도 마음도 여간 힘든 게 아닌 것 같다. 가뜩이나 마른 사람인데 체력이 버텨줄까? 싶었지만, 몇 년째 잘 버티고 있다. 웃을 때 미소가 상당히 매력적인데, 빨리 그 미소를 다시 찾으면 좋겠다.

내가 좋아하는 대전의 모 교수님은 아버지 간병 때문에 일주일에도 몇 번씩 서울로 뛰어와야 했다. 거기다 어머니까지 몸이 불편하시니 장남으로서 노고가 심하다. 가끔 위로의 말을 전하긴 하지만 뭐 도움이 되었으려나 싶다. 요새 아픈 사람이 너무 많다.

본인 몸이 아플 때 힘들고 고통스러운 건 당연하지만, 간병도 여간 힘든 일이 아닌 거다. 내가 병원에 입원해 있는 동안 아내나 아이들이 병원에 와서 간병한다는 걸 막았다. 와도 별로 할 게 없을 뿐 아니라, 와서 환자를 보는 마음도 불편하다는 것도 잘 알기 때문이다. 그런데, 오지 말라고 하니 좀 서운해하는 거 같아 괜히 눈치가 보이기도 했지만, 고통은 나 혼자만으로도 충분하니까. 잠자리도 불편하고 계속 신경 쓴다는 점에선 간병인까지 병나기 쉬운 상황이다. 제발 아프지 말자.

C.S. 루이스의 『스크루테이프의 편지』라는 책이 있다. 경험 많고 늙은 고참 악마 스크루테이프가 자신의 조카이자 풋내기 악마인 웜우드에게 인간을 유혹하는 방법에 대해 충고하는 서른한 통의 편지이다. 그리 두꺼운 편이 아니어서 금방 읽을 수 있는 책이었는데, 이 책에서 인간은 건강을 해치며 돈을 벌고, 번 돈으로 건강을 찾으려 하지만 결국 건강을 잃는 경우가 많다는 점을 악마는 지적한다. 돈 벌려고 몸빵 하고, 몸 망가지면 번 돈 다 쓰고 빚까지 내서 버티다가 죽는다는 말이다. 병원비로 들일 돈 미리미리 건강 검진하고 운동하는 데 돈 쓰면서 살아야 하는데, 그게 잘 안된다. 술은 1년에 몇백만 원씩 마셔대면서 몇십만 원 건강 검

 참 별게 다 자랑이다

진비로는 안 쓴다.

정말 아프면 안 된다. 내가 아파도 안되고, 아파서 가족들 고생시켜도 안 된다. 가족들 아프지 않게 잘 살피고, 간병할 때도 몸 관리하면서 본인 몸도 보살펴야 한다.

아버지와 어머니는 그 텃밭에서 가꾼 배추와 부재료들을 결국 준비하셨고, 자식들은 김장만 같이해서 김치를 차에 실었다. 올해부터 김장하지 말자는 얘기도 꺼냈는데, 그걸 보람으로 여기신다는 걸 잘 알고, 당신들의 소일거리를 빼앗는 것 같아 참 이러지도 저러지도 못했다. 조금 줄이자는 말씀만 드리고 돌아왔다.

아버지, 어머니. 제발 아프거나 다치지 않으셨으면 좋겠습니다. 자식 속도 몹시 아픕니다.

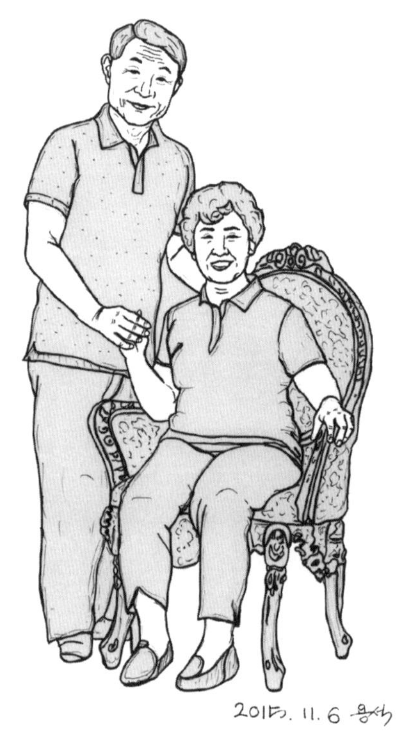

아버지, 어머니.
제발 아프거나 다치지 않으셨으면 좋겠습니다.

 참 별게 다 자랑이다

06

조미료와 글로벌 나이프

유튜브를 보게 된 게 얼마 되지 않는다. 예전에는 궁금한 게 생기면 책이나 인터넷 검색창에서 뒤지곤 했는데, 요리 관련해서는 유튜브를 보고 따라 하는 게 훨씬 직관적이다. '더보기'에 있는 레시피를 저장해 놓고, 세프들이 하라는 대로 따라만 하면 그럭저럭 괜찮은 결과가 나오니까.

우연히 보게 된 세프들의 요리를 몇 개 만들다 보니, 뭐 이런 게 다 있었나 싶다. 뷔프 부르기뇽, 에그 인 헬, 몽골리안 비프, 크랜베리 우대 갈비, 스페인 뽈뽀 등등. 그냥 파스타 정도만 해서 먹어도 훌륭하다고

생각했는데, 이젠 동파육에 어향가지, 부타노 가쿠니까지 마구 덤비며
따라 해보았다.

　자연스레 집에 각종 조미료가 마구마구 쌓여갔다. 한 번 해보고 말 것
같아 꼭 사야 하나 고민을 하다가도, 없으면 안 될 것 같아 조금씩 사 모
은 게 선반 하나 가득하다. 파프리카 가루, 이탈리안 허브, 페페론치노,
캐러웨이 시드, 팔각, 정향, 시나몬 스틱, 월계수 잎 등등, 간장도 노추,
쯔유에 국산 간장도 국간장, 진간장, 양조간장… 가지고 있는 조미료 종
류만 써도 밤새울 것 같다.

　그 조미료들이 메인이 아닌데, 각각의 조미료들 준비가 메인 재료들
보다 더 신경이 쓰였다. 주객이 전도되어도 심하게 전도되었다. 심지어
본 재료 고유의 맛을 조미료 맛이 압도하여 지워버리기도 한다. 내가 요
리를 하는 건지 조미료 범벅을 하는 건지….

　그래도 내가 따라 한 요리들은 참 맛있다. 내가 고안한 것이 아니라도
시키는 대로 하는 건 참 잘한다.

참 별게 다 자랑이다.

많은 재료와 조미료들을 가지고 요리할 때 꼭 필요한 1가지가 칼이었다. 예전부터 유명한 독일산 쌍둥이 칼 헹켈 즈윌링만 알던 내게 글로벌 나이프는 박민혁 셰프가 유튜브에서 알려준 칼이다. 일체형 손잡이라 씻기도 쉽고, 양면 날이 다른 칼보다 예리해서 잘 들기도 한다. 숫돌에 칼을 갈 때도 딱딱하지 않아 쉽게 연마할 수 있어서 더 좋다.

무딘 칼에 손을 베인다고 칼은 일단 잘 들고 봐야 한다.

어려서부터 부모님께서 하시는 말씀, 선생님들의 숙제, 간접적으로 공부한 사회적 규범 같은 걸 잘 따랐다. 누구나 그랬을 것이다. 시험을 보면 성적이 좋아야 했고, 수업 태도도 그렇고, 회사 생활할 때는 근태나 실적이 좋게 나오도록 노력했다. 운이 좋아서인지 아니면 성취욕이 강해서인지 결과들은 그리 나쁘지 않았다. 아니, 훌륭했다.

요즘 들어 요리할 때 느끼는 건, 조리 시간이나 재료 손질 등에 상당히 민감해졌다는 것이다. 결과가 엉터리로 나올까 봐, 혹시나 맛이 없을까 봐 근심하느라 요리의 즐거움을 놓치게 된다. 그나마 맛이 좀 있고 가족들의 칭찬이 진심으로 나오면 그제야 우쭐거리며 만족했다. 내가 손재주가 있다고, 요리를 잘한다고 자랑까지 한다. 요리는 응용이고 상상하는 즐거움이 있는 창작의 행위라고 이야기도 한다.

근데 사실 셰프들의 레시피를 잘 따라만 하고, 필요한 조미료들을 잘 계량해서 다 넣으면, 누가 해도 맛이 없을 수가 없다. 마치 수학 시험의 정답이 있는 것처럼.

어쩌면 난 칭찬에 목말라 있었는지 모른다. 인정받고 싶어서 뭔가를 계속하려고 했는지도 모른다. 요리 잘하는 나, 일 잘하는 나, 공부 잘하는 나, 대기업의 임원으로서의 나, 고구마 잘 삶는 나. 이런 나, 저런 나….

인정할 만한 내 존재 가치를 내가 찾지 못하고 있는 것 같다. 그래서 자식으로서의 나는 이래야 하고, 아버지로서의 나는 저래야 해서 자꾸 뭔가 잘 보이고 싶어 하고, 또 뭔가를 공부해서 정답을 이야기하려고 했다. 뭘 어떻게 해야 할지 몰라서, 세상에 정답이 없는 것 같아서, 내 존재 가치도 찾기 어려워하는 게 아닌가 싶다. 누가 정답을 알려주면 그대로 따라 하는 건 내가 잘할 수 있는데, 그게 없다.

글로벌 나이프의 셰프 나이프가 손에 많이 익어서 요리할 때 주저함 없이 잡는다. 얼마 전엔 중식도를 하나 더 구매했다.

무뎌져도 숫돌에 10분 정도 가는 수고만 더 하면 상당히 만족스러운 칼이다. 시작하기 전에 엄지손톱 위에 쓱 칼날을 올려보면서 날카로운

     참 별게 다 자랑이다

정도를 가늠할 수도 있다. 미숙하게 갈아서 중간에 스크래치가 생겼지만, 칼날에 이가 빠지지는 않아서 전혀 문제가 없다. 자꾸 갈아서 칼의 폭이 많이 줄어들면 그때 다시 하나 사면 된다. 마음에 들었으니 같은 걸로 사도 된다.

이가 나간 칼날까지는 아니지만, 마음에 스크래치가 많이 난 것 같다. 하지만 그 상처투성이 속에서도 존재의 의미는 찾는 중이다. 누굴 위한 존재가 아닌 내가 나를 인정하고 존중해야 하는데 그게 잘 안된다. 레시피대로 따라 하는 요리가 아닌, 본 재료의 맛을 덮어버리는 조미료가 없는 본연의 재료인 나를 찾고 싶다. 글로벌 나이프가 아니더라도, 길거리 노점에서 파는 싸구려 칼이라 하더라도, 그 본연의 역할을 하는 칼처럼, 내 모습 그대로의 본질적인 나를 찾아 내가 인정하고 싶다. 칭찬하고 싶다.

07

음악 그리고 LP, CD, FLAC

임원 회식 자리에서 갑자기 내게 던진 질문에, 다들 '젊은 사람은 어찌 대답하려나?' 싶었는지 시선을 내게 집중시켰다. 지금도 과거로 돌아가고 싶은 생각은 별로 없다. 과거의 기억이라는 게 좋았던 순간도 있지만, 내겐 아픈 상처들이 더 많은 것 같아서일까?

필립스에서 100주년 기념으로 레트로 헤드폰을 발매했다. 블루투스 기술이 반영된 최신 헤드폰이지만, 디자인은 80년대 워크맨에 꽂아 사용하던 옛날의 디자인 그대로다. 얇고 가느다란 스테인리스 바 양쪽에 주황색 스펀지 캡을 씌운 플라스틱 헤드폰. 100주년 기념이면 하이테크한 디자인이나, AI를 상상하면 나올 것 같은 디자인을 가미했을 것 같은데, 필립스는 '레트로' 감성을 우선해서 재현한 것 같다. 사진만 봐도 괜히 옛날 생각이 나서 미소를 짓게 하는 디자인이다. 성능은 노이즈캔슬링 기능이 없는 것 빼고는 최신형이다. 필립스가 한 건 했다. 최소한 80년대의 '갬성'을 회고하게 한 데는 큰 성공을 했다.

소니 덕분인지 거대한 무선 헤드폰을 쓰고 다니는 사람들이 꽤 많이 보인다. 요즘 겨울 날씨엔 귀마개로도 아주 딱이다. 소니, 보스, 뱅앤드올룹슨, 포칼, 바우어스앤윌킨스 등 고가의 고성능 헤드폰도 가끔 눈에 띈다. 노이즈캔슬링과 우수한 통화 품질, 이퀄라이저, 전용 앱까지, 예전에 소리만 들려주던 헤드폰이 아니다. 부피가 부담스러우면 인이어 타입도 좋은 게 많다. 아들은 갤럭시 버즈를, 딸은 에어팟 프로를 온종일 끼고 다닌다. 귀에 진물이 생길까 싶어질 정도다. 난 할부로 드비알레 인이어를 샀는데, 솔직히 두 번째 할부 값 갚기도 전에 좀 실망했다. 사람마다 궁합이 있는 거지.

예전에 하얀 리시버를 라디오에 꽂고 다른 한쪽 귀를 손으로 막고 노래를 들었던 기억이 있고, 주변 음이 들어올까 싶어 양쪽 주황색 스펀지를 두 손으로 감싸던 기억도 새록새록 떠오른다. AIWA 카세트플레이어를 허리춤에 차고 걸었던 그 길도.

이젠 늘어난 카세트테이프의 음질이나 주변 소음에 대한 고민은 없다. 어떤 장비가 더 좋은 음질을 내는지, 고음질 원음 파일을 어떻게 들을지가 고민이라면 고민이다. 누군가 사람의 눈이나 혀보다 예민한 게 귀라고 했고, 오디오를 얘기하면 '무엇으로 듣는가보다 무엇을 듣는가가 중요하다.'라는 얘기도 있었다. 책『이 한 장의 명반』에 나오는 얘기다.

근무하던 설계사의 연구소 소장으로 대학 동기가 부임했다. 연구소 양 소장 자리에 가면 진공관 헤드폰 앰프의 밸런스드 단자에 늘 젠하이저 헤드폰이 꽂혀 있었고, 말러의 교향곡을 즐겨 듣는 듯했다. 예전에, 라디오에 꽂던 리시버 3.5mm 잭보다 조금 굵고, 전축에 꽂던 1/4inch 잭보다는 가느다란 잭을 보며 이건 뭐지 싶었다. 진공관도 직접 만져본 건 처음이었고, 그게 헤드폰을 위한 앰프라니, 그리고 컴퓨터와 헤드폰 앰프를 연결해 주는 DAC도 있었다. DAC는 또 뭐지?

컴퓨터와 연결해서 음악 들을 때 기본적인 연결이라고 나중에 알게 되었지만, 이건 뭐 내겐 전혀 다른 세상이었다. 거기다 그가 듣던 음악들에 비하면 내가 듣던 음악들은 어느 오지의 부족이 연주하는 전통악

     참 별게 다 자랑이다

기의 리듬 정도가 아닐까 싶었다. 조금 과장한 거다.

모를 땐 재빨리 모른다고 인정하고, 전문가에게 납작 엎드려 배우는 게 낫다. 조금 안다고 떠들어 봐야 무식이 줄줄이 탄로 나서 더는 얼굴을 못 들게 된다. 난 굽신거리는 것도 잘한다.

참 별게 다 자랑이다.

서울 모 대학의 이 교수 방에 가면 음반의 음 자를 꺼내기도 어려울 정도의 음반이 있다. 신촌의 우드스탁에서 볼 수 있는 LP보다 더 많을 것 같은 LP가 연구실을 가득 채우고 있다. 대학 때도 음악 감상 동아리에서 음악만 들었다니 뭐 말 다 했다. 건축과 교수인지 음대 교수인지 모를 정도 음악의 광이다. 놀러 가면 서너 곡 들려주겠다고 음반을 뒤지고 틀어주는 수고를 마다하지 않는다. 참 고마운 친구다. 연구소장도 같은 음악 감상 동아리였고, 같은 미국 유학파라는 공통점이 있다. 그 동네에 뭔가 특별한 것이라도 있었던 건가? 그들에게 오디오 관련 문의를 하면, 바로 참고할 조언이 구체적으로 나와서 무척이나 고맙다. 이런 멋진 놈들을 보겠나~

양 소장은 고음질 파일을 모아 듣고 있고, 이 교수는 수천 장의 LP를 듣고 있는데, 이제는 고음질 스트리밍 서비스로 음악을 듣는단다. 이젠 카세트테이프나 CD도 매개체가 아닌지 이미 오래다. 그냥 편하게 좋은 음질의 음악 들으면 된다고 한다.

나도 더 이상 LP나 CD를 들으려 하지 않는다. 좀 귀찮다.

양 소장이 외장하드 가득 담아준 고음질 파일이나, 스트리밍 앱을 통해 그때그때 듣고 싶은 걸 듣는다. 난 아직도 AIWA 카세트플레이어와 파나소닉 CD플레이어를 가지고 있다. 고장 안 내고 잘 보관하고 있다. 언젠가 한 번 들어보려고.

며칠 전 갑자기 과거로 돌아가면 어떨까 궁금해졌다. 바로 든 생각은 역시나 돌아가지 않는다는 것이었다. 20대 때의 생기 있는 피부와 내장 기관, 에너지, 뜨거웠던 감성, 뭘 해도 될 것 같은 자신감, 미완성의 그릇을 채울 수 있을 것 같은 기대감 등등, 상상만 해도 부러울 여러 가지가 과거에 있다.

그러나 그때로 돌아가면 아마 똑같이 살면서 똑같은 후회와 번민에 힘들어하며 세상을 탓하고 있을 것 같다. 지금까지의 경험과 지혜를 가지고 과거로 간다면 또 모를까? 하지만 그게 가능하다 해도 돌아간 과거

     참 별게 다 자랑이다

생활에 더욱 적응하지 못했을 거 같다. 괴리가 더 심하지 않았을까?

또한 과거에 겪었던 일들을 다시 반복하고 싶지 않다. 지금 생각해도 '자다가 이불 킥'할 거 같은 일들을 또 경험하기도 싫고, 그때 입은 상처의 딱지를 다시 뜯어내서 고통스러워하고 싶지 않다. 그냥 오늘 하루 잘 보내면서, 앞으로 잘 살 궁리나 계획을 하는 게 낫겠다. 과거의 흑역사는 정말 상상하기도 싫다. 어차피 인생은 계획한다고 계획한 대로 되지 않을 것이고, 계획한 대로 실행하지도 못할 거니까. 너무 무책임한 얘기려나?

앞으로 살면서는 새로운 것 배우고, 고민도 해보고, 거기서 즐거움을 찾으면 될 것 같긴 하다. LP랑 CD밖에 모르던 내가 FLAC 파일이 뭔지, 블루투스 코덱이 뭔지 알게 되었으면 된 거 아닌가? 내게도 꽤 괜찮은 DAC도, 헤드폰도, 죽을 때까지 다 못 들을 양의 원음 파일이 있다. 계속 뭔가 새로운 장비와 음악이 나올 거니 그것도 괜찮다.

지금 훌륭한 가족이 있고, 쉴 집도, 10년 넘어도 괜찮은 차도 있다. 옆에서 힘이 되는 친구나 선후배도 있다. 오랜 시간 공들여 하나하나 같이 만들어 온 거다. 다시 과거로 돌아가면 이렇게 좋은 환경을 만들 자신이

없다. 그냥 지금을 살면서, 과거의 추억은 혹시 모를 나중을 위해 보관

만 잘해두면 된다.

마치 AIWA 카세트플레이어와 파나소닉 CD플레이어처럼.

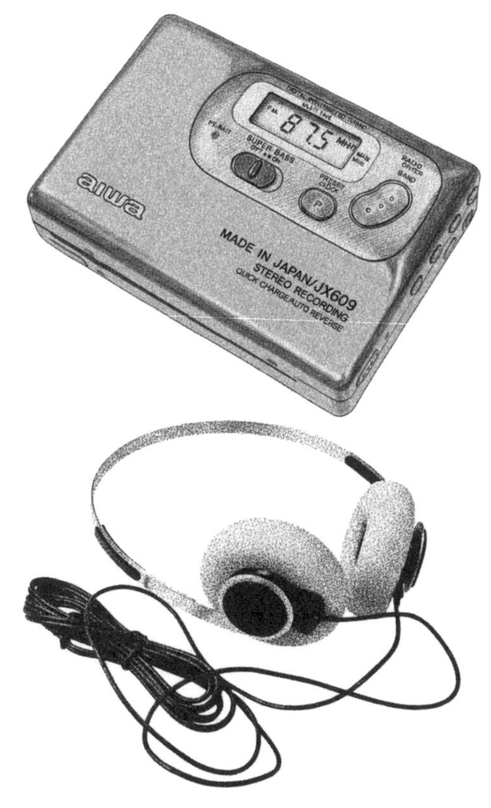

다들 기억하고 있으려나?

08

야릇하고 에로틱한
욕망의 미학

졸업 후 25년이 되면 'Home Coming Day' 행사를 한다. 전체 학과의 졸업생들이 졸업 25년을 기념하며, 학교와 학과에 기부도 하고 모여서 합창단이나 기타 모임도 하는 행사다. 그 행사를 위해 기대표가 단톡방을 만들었고, 동기들의 대부분이 그 단톡방에서 서로의 안부도 묻고, 축하할 일과 부고 등을 알리기도 한다. 생일 축하 메시지로 조금 야한(?) 축하 사진을 올렸더니, 한 친구가 나무라듯 이야기했다. 사실 그리 야하지도 않은데, 공식적인 자리 또는 다수가 참여하는 단톡방에 걸맞지 않다고 판단했던 것 같다. 뭐 한번 보고 웃자는 거였는데, 죽자고 달려들면 곤란하지. 뭐 생각은 늘 다른 거니까.

팝아트 하면 떠오르는 유명한 작가와 작품들이 있다. Andy Warhol의 〈캠벨 수프 캔〉, Roy Lichtenstein의 〈행복한 눈물〉, Claes Oldenburg 의 〈Soft Toilet〉, Keith Haring의 〈무제〉 시리즈 등이다. 그 외의 많은 작가들이 있다.

팝아트 작품들을 보면, 현실을 비꼬거나, 약간은 비틀어 풍자하는 것 이 많다. 그것도 에로틱한 작품들로 현실을 표현하는 작가들이 있는데, 난 이런 걸 더 좋아한다. 므흣하잖아?

참 별게 다 자랑이다.

좋아하는 작가 중 하나는 루이스 퀼레스(Luis Quiles)인데, 그의 가장 큰 특징은 검열 없는 솔직함이다. 그는 사람들이 불편해하거나 애써 외면 하고 싶어 하는 사회적 문제들인 아동 착취, 약물 중독, 여성 혐오, 정치 적 부패, 종교적 위선 등을 수면 위로 끌어올려서, "이것이 우리가 살고 있는 세상의 진짜 모습이다."라고 외치는 듯하다. 상당히 충격적이다. 그의 작품집을 아마존에서 구매했지만, 아무 데서나 꺼내보지 못한다.

말리카 파브로(Malika Favre)는 복잡한 디테일을 배제하고 사물이나 인체

의 핵심적인 선과 면만을 강렬한 색채로 표현하여, 여백의 미를 느끼게
해준다. 부드러운 곡선과 절제된 형태를 통해 여성의 아름다움과 관능
미를 우아하고 모던하게 표현하는 것이 특징인데, 특히 붉은 입술은 정
말 강하게 나를 유혹한다.

패트릭 나겔(Patrick Nagel)은 복잡한 사진을 바탕으로 작업하되, 그 안에
서 가장 필수적인 선과 면만을 남기고 모두 제거하는 방식을 취했다고
한다. 눈처럼 하얀 피부, 칠흑같이 검은 머리카락, 강렬하고 두툼한 붉
은 입술이 대비를 이루는 일명 '나겔 우먼(Nagel Woman)'을 자신의 아이덴
티티로 삼고 있는 것 같다. 유혹적인 눈빛은 참 거부하기 어렵다.

헬렌 비어드(Helen Beard)는 여성의 시각에서 에로티시즘과 인간의 친밀
함을 표현한다. 그녀의 작품은 단순히 선정적인 묘사를 넘어, 색채와 형
태를 통해 성(性)에 대한 긍정적이고 자유로운 담론을 이야기하는데, 성
적인 이미지를 바라보는 남성의 관점에서 여성의 관점으로의 '관점의 전
환'이 작품의 특징이다.

세인 터너(Shane Turner)는 팝아트, 스트리트 아트, 초현실주의를 결합
한 독창적인 화풍이 특징인데, 특히 물감을 직접 여성의 몸에 들이부

　　　　참 별게 다 자랑이다

어서, 그 물감이 아름다운 라인을 따라 흘러내리는 듯한 '사이카멜레온
(Psychameleon)'이 유명하다. 보이는 것과 보이지 않는 것의 균형이랄까?

언급한 작가들의 작품은 성에 대한 관점의 전환과 독특한 표현 방식
을 보여주는데, 덜 노골적이지만 더 에로틱한 표현에 깜짝깜짝 놀라게
한다. 사실 살짝 가린 게 더 야하지 않나? 보는 사람 나름의 상상력을 발
휘하게 하니까 그런 게 아닌가 싶다. 상상한다는 것은 시각적인 자극에
대한 반응으로 그치는 게 아니고, 머릿속에서 해석해야 하니 더 오랫동
안 머릿속에 남아서 그런 게 아닌가 싶다. 노골적인 동영상이나 사진은
더 이상 감흥이 없는 것 같다. 요즘은 너무 정보의 양도 많고, 현실적이
지도 않은 것도 많다.

만약 동기 단톡방에 유명 작가의 작품 사진을 올렸다면, 누군가의 지적
이 있었을까? 다들 겉으로는 점잖은 모습이 본모습인 양 가면을 쓰고 있
으면서, 뒤로는 별별 걸 다 하고 다닐 수도 있는 거지? 미술관에서 전시
된 작품을 보면 고개를 끄덕이다가, 그 문을 나서면 같은 그림을 보아도
외설이니, 저질이니 이야기하니 말이다. 우리 동기들은 그렇지 않겠지?

조금 더 솔직해져 보자. 우리 어렸을 때는 〈선데이서울〉이나, 〈건강

다이제스트〉 등에 나오는 야한 사진들과 이야기들에 머리를 맞대고 킬킬거리기도 하지 않았는가. 브룩 실즈, 피비 케이츠, 소피 마르소 등 이쁜 배우 사진을 코팅해서 가지고 다니며, 수업 시간에 슬쩍슬쩍 보기도 했던 것 같고, 누군가가 〈플레이보이〉나 〈허슬러〉 잡지를 구해서 가지고 온 날은 반 전체가 난리가 났던 기억이 난다.

미장원에 머리 깎으러 가면 여성잡지 뒤쪽에 야릇한 이야기들이 가득했고, 아줌마들은 아이들이 볼까 멀찍이 치워 놓기도 했던 것 같다. 그러면서도 그 아줌마들이 모여서 야한 얘기를 무슨 무용담처럼 떠들어대던 걸 들은 것 같다. 그땐 정보도 별로 없을 때니까 아는 체하는 거였겠지.

작가들의 비유와 풍자를 보면서 정말 기발하다고 생각한다. 어떻게 이런 아이디어를 떠올리고 생각해 내는지 그들의 창의성에 감탄한다. 가끔 코스트코나 길거리 장터를 다닐 때도 이런 게 다 있구나 싶고, 특히나 유튜브 채널 중 〈나의 시선〉이나 〈Dmonk〉에서 새로운 제품들을 소개할 때는 더욱 큰 기대를 하고 보게 된다. 새로운 것, 창의적인 것, 신선한 것들은 가슴 뛰게 하며, 살아갈 재미도 주고, 앞으로 어떤 것이 더 나올지 미래를 기대하게 한다.

사는 게 재미없는 오십 대들은 해보지 않았던 것, 겪어보지 못했던 새

     참 별게 다 자랑이다

로운 문화, 현실을 비트는 것들을 찾아보면 좋을 것 같다. 개인마다 보는 기준이야 다 다르겠지만.

재미있는 삶을 살아야 한다. 삶이 재미있어야 짜증 나고, 고통스럽고, 우울한 이 시대를 견딜 수 있지 않겠는가? 행복은 금방 녹는 아이스크림 같다고 한다. 금방 녹아 사라져 버리기 때문에 자주 만들어 내야 한다. 행복은 강도가 아니라 빈도가 맞다고 생각한다. 그래서 자주 재미를 느끼고 행복의 빈도를 높이며 살아야 한다. 이런저런 것 해보면서.

어디 더 신박하고, 야릇한 아이디어는 없으려나?

09

꽃 피는 봄이 오면

"형, 지난번에 주신 풍란에서 이번에도 꽃이 활짝 피었네요. 사진 찍어서 보내드릴게요. 올해가 작년보다 더 괜찮은데요?"

임원 인사가 있던 금요일 오후 임원실에 갔더니 축하 화분이 한가득이다. 흔한 철골소심과 청금, 일광 등의 동양란과 호접란, 라비에타, 기꼬 등의 서양란들이 바닥에 깔려있다. 두리번거리며 좋아하는 나를 본 부사장님은 "맘에 드는 거 있으면 가져가라, 난 화분은 잘 안 맞아서."라고 하신다. "그럼 몽땅 다 가져가도 될까요?"라고 묻자, "그러든지." 하시면서 웃으신다.

그날 퇴근 시간 이후에 화분 아홉 개가 그 방에서 사라졌다.

첫 직장에서는 여 사우회 멤버들이 생일 선물로 작은 화분을 하나씩 책상에 올려 주었다. 덕분에 모든 책상 위에 화분 하나씩은 자리를 잡고 있었는데, 전자파를 잡는다는 녀석들과 공기 정화 식물이 주를 이뤘고, 크리스마스 전에는 포인세티아 화분이 분위기를 연출하기도 했다. 팀 막내들은 직속 임원실의 난초 물 주는 일이 숙제였지만, 난 그리 싫지 않았다. 공용 공간에 있는 행운목에 물 주기도 자처했는데, 7년에 한 번 핀다는 이 녀석이 그해에 꽃이 피었다. 거의 보름 동안 오후 늦게 피었다가 아침이면 꽃망울을 닫았다. 오후 늦게 꽃망울을 터뜨려 달콤한 향기를 온 사무실에 퍼트리면서, 퇴근 시간이 되었음을 알려준다. 제발 일찍 퇴근들 하라고~~

내 책상 위의 화분이 잘 자라는 걸 본 후배는 자기 화분이 시들어 가면서 상태가 안 좋아지면 내 자리로 들고 왔다. 며칠 지나면 그 화분은 생생해져서 자기 주인을 찾아 돌아가곤 했다. 주말이 되면 복도 쓰레기 수거함 근처에 화분 여러 개가 죽어서 버려지는 일도 잦았다. 일단 책상 위에 화분이 걸리적거린다는 사람도 있었고, 이상하게 어떤 이에게 가는 화분은 잘 죽었다. 화초랑 궁합이 잘 맞지 않는가 보다. 난 화초랑 궁합이 참 잘 맞는다.

참 별게 다 자랑이다.

사회 초년생에서 어느 직위까지 승진하지 않고서는 동양란이나 화분을 선물 받아 가꾸기가 어려운 점이 있다. 임원실 창가에 자리 잡은 화초들을 보면 그들이 임원 같아 부럽기 이를 데 없었다. 임원실에서 가져온 동양란 두 개를 내 책상 위와 뒤쪽 창가에 놓고 나니 임원이 된 것 같다. 그때까지도 그 동양란의 이름조차 알지 못했는데, 그다음 해에 꽃이 다시 피었을 때 비로소 그 동양란들의 이름을 알 수 있었다.

부산시청 담당자랑 업무차 자주 만나 협의했는데, 이분은 풍란에 해박한 분이었다. 그분이 풍란의 종류, 석부작, 숯부작 등 기르는 방법에 관해 이야기를 시작하면 한 시간은 금방이었다. '심폴'이라는 사이트 가서 첨정이라는 풍란을 하나 사서 길러 보란다. 그분은 장애가 있는 아들을 키우면서 속상한 마음을 풍란을 키우며 달랬다고 한다. 그날 바로 주문해서 집에 있는 일곱 개의 동양란 화분 옆에 두었다.

그날 이후 화초를 보는 눈이 달라졌다. 이뻐 보이는 관목, 교목, 초본류들을 사들였다. 겹 동백, 무늬 보리수, 오렌지 재스민, 피어리스 등등 화분이 바닥에 깔리고, 립스틱 플랜트라고 불리는 트리초스를 가운데 코처럼 내리 걸고, 호야를 둥글게 감아 귀처럼 양옆에 하나씩 매달고, 긴 머리 늘어뜨리듯 맨 가장자리를 러브체인으로 흘러내려 베란다 벽면

   참 별게 다 자랑이다

을 장식하기도 했다.

　근심이 생기거나, 화가 나고 상심했을 때, 가슴의 응어리를 뽑아내고 그 자리를 화초 하나로 채우겠다는 마음으로, 화훼 단지에서 새로운 화분을 하나씩 들고 왔다. 화분과 부자재도 늘어갔다. 어렵다는 분재도 시작했다. 홍매화, 꽃사과나무, 배나무, 향나무, 소나무, 소사나무 모아심기까지. 화초는 주인의 발걸음 소리를 들으며 성장한다고 한다. 자주 관심을 둬야 하는 거다. 그래서인지 참 죽지도 않고 잘 자랐다.

　남쪽 발코니 공간은 빨래걸이 자리 빼고는 화분들이 모두 차지했다. 너무 많아지다 보니, 온갖 근심 대체재가 근심거리가 되었다. 이건 많아도 너무 많다. 주말에 물 한번 주려면 1시간은 우습고, 분재는 물 끊김이 생기면 안 되어서 어디 길게 놀러 가지도 못한다. 가을이 되면 일주일 동안 쌓인 낙엽이 쓰레기 봉지 하나 가득 나온다. 이건 취미가 아니고, 노동이다. 근심의 산물이 너무도 많다. 또 다른 근심이 되었다.

　가끔 많은 화분을 모으는 사람들 보면 이게 병이란 걸 안다. 채워지지 않는 갈망을 화분으로 채워간다. 모으고 또 모으고, 계속 채우다 보면 뭔가 부족하다고 느껴서 다시 모으고, 결국 만족은 없다. 채워지지 않는

무언가는 결코 화분으로 채워지지 않는다. 그들이 진심으로 화초를 좋아해서 모았을 수도 있지만, 수십 개가 넘는 다육식물이나, 화분들을 보면 참 애처롭다. 한없이 느껴지는 애잔함에 주인 얼굴을 한 번 더 쳐다보게 된다.

화초들만의 문제는 아닐 거다. 뭐든 수집광처럼 모으는 대상이 다 그런 거 아닐까 싶다. 계속되는 갈증으로 죽는다는 걸 알면서도 계속 마셔대는 바닷물 같은 것. 너무 수집광적 취미를 비약해서 얘기하는지도 모르겠지만, 난 그랬다.

몇 년 전 대대적으로 집수리를 했다. 발코니를 확장하고 나니, 화분을 놓을 공간은 다 사라졌다. 공사 기간동안 나가서 살 임시 주거도 문제였지만, 겨울철에 내다 놓을 화분이 제일 문제였다. 귀하고 값비싼 분재나 화분은 가까운 사람들에게 나눠주고, 나머지는 다 잘라 버렸고, 화분도 조각조각 부숴서 처리했다. 몇 시간 끙끙대며 쭈그리고 앉아, 그간의 마음 응어리들을 다 처리했다. 전혀 주저하지 않았다.

딱 하나 남겨둔 건 아주 작은 알로카시아 자촉이었는데, 신기하기도 하고, 갓 태어난 아기 같아 유리병에 살려두었다. 마치 새로운 미련처럼.

 참 별게 다 자랑이다

그 이후 더 이상 화분을 사 모으지 않는다. 그럼에도 해피트리 한 그루, 자촉에서 성체가 된 알로카시아, 그놈의 자촉 하나, 선물 받은 풍란 둘, 아들이 선물로 받아와서 내게 맡긴 방울복랑이랑 같이 산다.

사람이 스트레스에 시달려서, 마음의 여유가 사라지면 제일 먼저 못 느끼는 게 계절의 변화라고 한다. 그저 너무 덥다는 것과 너무 춥다는 것만 느낀단다. 지구 온난화 얘기가 아니다. 나이랑 상관없이 철이 들지 않는 거다. 때를 아는 지혜를 잃어버리는 것이다. 때가 되면 아무 말도 없는 화초들은 꽃을 피우고, 떨구고, 낙엽을 털어내고, 겨울눈을 올린다. 계절의 변화에 순응하면서 그냥 그렇게 산다.

꽃 피는 봄이 오면, 또다시 풍란은 자기 몸보다 훨씬 커다란 꽃을 피우고, 자신만의 고유의 향을 뿜어내며 존재를 알릴 것이다. 봄이 왔다가 여름으로 가고 있다고 이야기하면서.

꽃 피는 봄이 오면, 난 영화 〈꽃 피는 봄이 오면〉의 OST 〈옛사랑을 위한 트럼펫〉을 떠올리겠지. 철들어 가려는 나를 되돌아보면서.

풍란은 또다시 자신만의 고유의 향을 뿜어낼 거야.

 참 별게 다 자랑이다

10

역시 크리스마스 선물은

"올 한 해는 유난히 사람 관계에 대해 더 생각해 보게 되었어요. 그러다 고마운 사람 다섯 명에게 케이크를 보내게 된 거예요. 꼭 크리스마스 선물로 보내려고 한 건 아니에요."

크리스마스가 되면 어릴 때의 크리스마스가 훨씬 행복했다는 생각이 든다. 플라스틱 장화에 담긴 과자 선물 세트를 받으면 그렇게 좋았고, 산타 할아버지가 없다는 걸 알면서도 대놓고 선물을 요구하는 뻔뻔함을 만끽할 수 있었으니까.

이젠 뭐 내 아이들에게도 크리스마스 선물을 주지 않고 슬쩍 넘어가도 뭐라 할 나이들이 아니다. 시간은 참 빨리 흘러가고, 크리스마스의 정서가 예전 같지 않다. 그리고 현금이 선물을 이긴다.

크리스마스 3일 전 우연히 알게 된 〈Vince Guaraldi Trio - A Charlie Brown Christmas〉 LP를 주문했다. 크리스마스이브랑 크리스마스에 들으면 좋을 것 같았다.

1965년 미 CBS의 애니메이션 특집 〈A Charlie Brown Christmas〉의 사운드트랙으로 발매된 앨범인데, 크리스마스 캐럴과 재즈의 절묘한 조화가 상당히 멋스럽다. 재즈를 별로 좋아하지 않아도 상관없다. 앨범은 500만 장 이상 판매되어 역사상 제일 많이 팔린 재즈 앨범 2위이고, 그래미 명예의 전당에 헌액되었고, 미 의회도서관의 국가 음원 등록부에 영구 보존되었다 한다. 뭐 그렇단다.

기념비적인 재즈 앨범이란 걸 발매 60년이 지나서 알게 되었으니, 세상엔 좋아하는 분야에서도 모르는 게 참 많다. 또 하나 배웠다고 생각하면 된다. 주문한 LP가 도착했을 때는 집주인 맞이하는 강아지처럼 쪼르륵 달려가 조심스레 뜯었다.

양쪽 스피커와 정확히 정삼각형 위치에 자리를 잡고 앉아 11곡의 노래를 쉬지 않고 들었다. 조금이라도 움직이면 악기 소리 하나라도 놓칠 것 같아 꼼짝도 하지 않았다. 전문가들이 어떤 게 좋다고 하면, 무조건 따라 해보고 잘 맞으면 나만의 원칙으로 정한다. 그다음부터는 융통성도

  참 별게 다 자랑이다

없이 그 방식을 고수한다. 난 그런 쪽에 고집이 세고 보수적이다.

참 별게 다 자랑이다.

첫 회사에서 근무할 때 상당히 밝고 에너지 넘치는 친구가 있었다. 일본어 전공이라, 궁금한 일본어 자료 검색을 도와준 적도 있고, 업무차 지하 1층에 내려가면 반갑게 시간도 내어줬다. 자존감도 높고, 긍정적인 사람이라 이런저런 얘기 나누다 보면 많이 배우게 되고, 의논도 많이 하게 되었다. 지방에 정착하고 있어 그곳에 출장 가게 되면 잠깐이라도 만나보고 올라오려고 하는데 그게 잘 안된다. 만나고 싶은 사람을 만나고 싶을 때 만난다는 건 정말 행운이다.

그가 내게 케이크를 선물했다. 십수 년 만에 크리스마스 선물을 받았다는 생각이 드니 다시 어릴 때의 아이가 된 것 같았다.

사실 그와 만나서 이야기를 나누다 보면 주로 내 고민이나 푸념 얘기가 많았고, 그냥 조용히 들어주는 역할을 그가 담당했었다. 내 얘기를 들어주는 것만으로도 참 고마운 일인데, 공감하고 조언과 응원을 보내줄 때는 더욱 감사함을 느꼈었다. 물론 그도 아이 이야기, 직장 이야기, 배우자 이야기 등 그의 걱정거리를 꺼내 놓기도 했지만, 난 그처럼 많이 들어주지 못해 못내 미안했다. 괜히 중간에 내 의견을 더 이야기하는 내 모습에 얘기 도중 뜨끔하기도 했다. 그래도 그와 이야기를 나누면 고민거리 중 상당 부분이 날아가는 것 같아 참 좋았다.

그런 그에게 내가 먼저 고마운 마음을 표현해야 하는데, 그가 먼저 고맙다고 선물을 보냈으니 한 방 맞은 기분이다. 그래도 참 좋다. 누구에게 크리스마스 선물을 받아 본 지 얼마 만인가?

그는 새해에 새로운 일을 시작한다고 한다. 새로운 일에 도전한다는 자세도 이쁜데, 공공주도의 사회복지 관련 업무를 한다고 하니 그 마음이 더 이쁘다. 살면서 본인에게게나, 타인에게나 의미 있는 일을 한다는 건 정말 존경받아야 할 일이라 생각한다. 원하는 대로 잘하시길, 잘되시길 진심으로 응원한다. 맛있는 밥 사주러 꼭 가야지.

올해 크리스마스엔 내가 내게 준 선물인 LP와 친구가 보내준 케이크로 더욱 풍성한 크리스마스가 될 것 같다. 나도 고마운 사람 5인을 뽑아야 할까? 고마운 분들이 너무 많아서 순위를 정하는 건 너무 어려워서 안 하련다. 다만 고마운 분들 떠올리며, 전화라도 돌려야 도리겠지.

고마운 일이 있으면 고맙다고, 미안한 일이 있으면 미안하다고 해야

     참 별게 다 자랑이다

한다. 요즘은 다들 인사를 놓치고 사는 것 같아 마음이 불편하다.

크리스마스입니다. 모두 1년 중 하루라도 정말 행복한 날이 되시길.

그래도 여기까지 왔다. 이 글들을 쓰며 여러 번 멈췄다. 굳이 꺼내지 않아도 될 이야기들이었고, 누군가에게는 변명처럼 보일 수도 있다. 나 스스로에게도 그랬다.

잘난 적은 거의 없었다. 남들보다 앞선 것도 없었고, 결정적인 선택을 한 기억도 많지 않다. 대부분은 상황에 밀려 그냥 그렇게 흘러왔다.

돌이켜보면 도망치지 않았다는 것 말고는 자랑할 만한 게 없다. 가난했던 시절도, 분노를 참으며 말없이 버텼던 회사 생활도, 괜히 움츠러들었던 순간들도 지금의 나를 만들었다. 그때는 몰랐다. 그 시간들이 언젠가 나를 지탱해 줄 거라는 걸.

요즘은 크게 바라는 게 없다. 아프지 않고, 함께 밥 먹을 사람이 있고, 가끔 안부를 물을 수 있으면 그걸로 충분하다.

세상이 점점 빠르게 변해도 나는 여전히 느리다. 뒤처졌다는 생각이 들 때도 많다. 그래도 완전히 틀린 방향으로 걸어오지는 않았다고 가끔은 스스로에게 말해준다.

이 책이 누군가에게 위로가 되길 바라지는 않는다. 다만, 비슷한 시간을 지나고 있는 사람이 있다면, 혼자는 아니라는 걸 잠깐이라도 느꼈으면 좋겠다.

잘 살았다고 말할 수는 없지만.
그래도 여기까지는 왔다. 그걸로 충분하다.